惑鄉之人

Bewitched Homeland

郭強生 著

目次

Ⅱ　多情多恨

Ⅲ　與君絕

【新版序】

成為我自己

郭強生

在《夜行之子》創作過程中，本來計劃想加進的一個短篇，關於一名少年在老戲院裡，遇見日本兵鬼魂而發展出一段人鬼戀，動筆後就發現這故事很大，不應是短篇的裁幅。因為它牽動了我整個生命裡，離散與歸屬所帶來的哀愁。二〇〇〇年自美返臺，一度強烈地感覺到我的「過去」不見了。因為無家所以踽踽夜行成書，但這還不夠，我需要一個家鄉的故事。

故事已非單指情節，那個Story，應該是一種想要更深入理解的途徑。倘若《夜行之子》可視為一次我的覺醒與除魅，《惑鄉之人》就是我繼而層層剝除自己，發現原來我的臺灣體質裡，存在著這麼多複雜的層次。

人生第一本長篇小說，橫跨一九四一年至二〇一〇年，在不同時空中跳接的多線故事，置進各種「身分」：灣生的日本導演松尾森、老兵之子小羅、臺籍日本兵敏郎、日裔美籍學者松尾健二，同時，一部未完成、名為《多情多恨》的電影，則貫穿每一個人的身世，亦與臺灣電影史暗中對位。健二有我的影子，松尾森又何嘗不是我？

從小在幫傭的耳濡目染下，我能朗朗上口許多臺語歌。然而，雖有外省背景，我卻無眷村記憶；由於父執輩留歐經驗，對西方文化啟蒙甚早，後來就讀外文系、赴美留學又經過一番異文化衝擊的洗禮……這一切原本都在體內和平共存，直到那些年，島上的政治鬥爭氛圍激化，本省與外省的對立被挑開，在某種程度上，很像被迫出櫃。

一回，去中部參加一個文學座談，上臺前與另兩位作家寒暄友好，上臺後他們突然開始全程用臺語。我先是傻在那兒，等輪到我發言時，我鎮定下來大方地對臺下觀眾說：「我不會說臺語，那我唱臺語歌給你們聽好不好？」換來一片熱烈掌聲，一曲罷了安可不斷。

這個小插曲卻成為我決定，以外省第二代同志的身分與觀點，寫下屬於我的臺灣的關鍵動力。

純真年代雖無法回返，但對這片土地重新了解之後，我重新看見自己的生命故事，甚至於，更像是開啟了某一種自我精神分析。

寫小說的那個我，化身當一隻鬼。身為一隻鬼的快樂就在於看得見別人看不見的。其悲哀就在於，看得見你的人就看得見；看不見的人，則永遠看不見。

當一隻鬼，空間與時間終於無礙，於是明白：歷史除了因果，還包括機遇與偶然。理解，然後體諒。故事最後，我選擇停留在松尾森拍戲的現場：因為他對這件事有愛——我也需要一本小說，好讓我重新去愛。

《惑鄉之人》意外地為我贏得了生平第一座金鼎獎，也成為我第一本被外譯在日本出版的作品。

如今回想當年，停筆小說多年後重返，未嘗不是人生下半場的一個轉折。當寫作無非只是想留下一種倖存者的回望，每一本書都像在為人生打掉某一道難關障礙。獲獎之後，立刻等待著我的不是掌聲，而是必須成為父親的長照看護，以及三年的留職停薪，是殘破的家等著我去收拾。最後幫助我再一次走過低潮的，仍然是寫作。

年輕的時候讀莒哈絲的《情人》，尚不能體會她說「如果寫作不能穿透事物某種不可說的核心本質，那不過只是廣告文案」的一針見血。那些不可說，說不出口，世人情願你不說的真相，讓我們與自己漸行漸遠。從小說《夜行之子》、《惑鄉之人》到後來的散文書寫《何不認真來悲傷》與《我將前往的遠方》，它們彼此之間其實是同一個生命故事的進行式。

如果文學是生命的映照，不就該像人生的無常，豈能預設類型或標籤？寫作若是生命經驗的沉澱，評論的眼光又豈能與人生歷練脫鉤？

十年過去，我仍然是活到哪裡就寫到哪裡。在許多評論者眼中，我仍然是屬於難以歸類的作者，沒有固定身段，題材多變，理論框架套不進，也少見為自己的作品辯護。但是我很清楚的是，寫作不過就是「穿透事物某種不可說的核心本質」。

寫作，讓我終於成為了我自己。

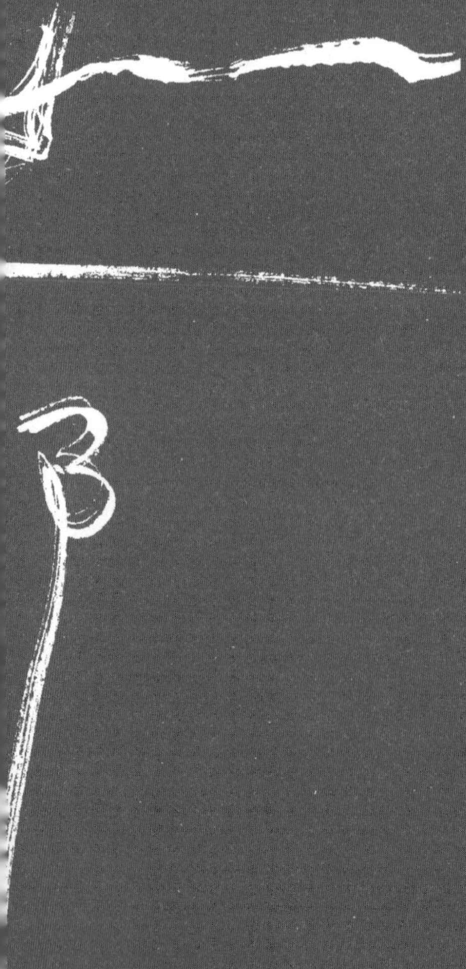

I——君之代少年

第一章

一九八四

小鎮上唯一的戲院還是拆了。

時值深秋，日頭依舊灼眼火亮，吉祥街上連圍觀看熱鬧的人都沒有，整個上午僅摩托車一臺經過，橫在路中的黃狗懶懶站起，的的的小碎步讓道，索性穿過煙蒸的陽光朝陰涼處去了。引擎聲漸遠，鐵榔頭敲磚一聲聲，空空空，又被留在了陽光裡，像隱隱的頭疼。

退伍後這些年他都沒再回來小鎮。臺北的電影院都改成小廳了，那天頭一回看見錄放影機這玩藝兒，彩色寬螢幕上的悲歡離合刺激冒險被扁黑匣子吸魂似的壓進膠卷裡，他當下發涼只想到：電影院慘了。

原本巨幅白幕上打出的光影世界是夢想的入口，現在縮了水的夢裝進錄影帶、罩進玻璃箱裡，成了一種標本。院線片上片第一場演完下午就有了盜版錄影帶，小羅不能接受，曾經為了想看場電影他挨了多少打！戲院座椅翻下時的，那一聲帶鏽的呻吟，場子燈光暗去的一刻，先是國歌起立，然後預告片出現，最後正片開始，氣勢萬千的邵氏中影嘉禾片頭商標音樂起，人聲逐漸沉落，那些屬於電影的儀式啊……

老羅寫信來，說到吉祥戲院要拆，奇怪的是小羅沒有任何感傷，只心頭閃過模糊的一點不安。

在他心裡那樓早在多年前就已經塌了。

回來，只是為了一個答案。

吉祥戲院夜夜高朋滿座的年代，每幅海報看板都是小羅他爹的手筆。童年的小羅幾乎成天就在戲院的後倉房蹓出蹓進，瞧他老爹將下了片的看板一塊塊靠牆放好，管他何莉莉還是上官靈鳳，刷刷就被抹上一層白漆，然後老爹將打好格子的新片海報攤平在地上，按著比例也在看板上畫上格線，拿起沾了褐色油彩的細筆，全憑目測勾起輪廓。

小羅總安靜地看著老爹工作，直到姜大衛或陳觀泰的英姿煥發，像降靈術般化身於白畫布上，讓小羅宛如目睹絕世名作欽佩不已。

接近完工的老爹點起一根菸，小羅看準他累得沒脾氣，便要討那張海報納入收藏。上百張的電影海報塑膠袋包好好都被他收在床底，放學後第一件事便是數鈔票似的拿出來點數瀏覽。偶爾小羅猜不準他爹的心情，開口要討新海報時換來一頓斥責：「又要這破紙？咱們家是收破爛？」

不是破紙，小羅把它們全當成寶。老羅雖然為吉祥戲院畫了十幾年看板，自己沒進戲院看過幾次電影。電影這玩藝兒──小羅記得他爹鼻子一皺的表情──可不是什麼好東西！民國三十八年大陸就是這麼丟的，左派電影一部部攪得人心大亂！

從小他就被禁止溜進戲院裡，他爹警告收票員不准放行，那歐巴桑心軟的結果，便是看著滿臉鬍渣、身上一件染了五顏六色破汗衫的老羅，拖了兒子到她面前把小羅打得求饒。小孩沒記性，過幾天又來求阿姨，那歐巴桑苦著臉直吐舌：轉去啦！你係𠊎驚死喔？

等長大些，街坊耳語他才聽出個端倪。母親在電影院裡搭上別的男人，跑了。

早幾天已先卸除的座椅堆在路邊，小卡車一趟運不完，陽光下待載運的座椅像是自己有意志從戲院裡逃出來的，一個個歪斜蹲在那兒，彷彿疲累的候車旅客。接著空空空，朝西那面牆像炮竹一炸就在他眼前碎了。長年不見天日的放映廳如被武俠片裡的神掌一擊，現出了原形，四面壁紙上的霉斑不知已繁衍了幾代，燈光漆黑從沒有人真正看仔細過。

回到鎮上那天，老羅事先不知情，開著電晶體小收音機倒臥在竹躺椅上，瞇起眼看見夕照中走進院子的年輕人，沒有招呼，父子對望了一會兒，做爹的點了點頭便偏過臉去。小羅輕聲喚了聲爸，在花壇的砌磚上坐下，陪著老人聽著收音機裡嗚嗚咽咽的京劇，在夕陽中一點一點化成灰煙。

小羅記得他爹在畫看板時從來都是開著小收音機，放暑假同學們騎著單車往河邊去，滾動的輪影滑過戲院倉房前的水泥地，記憶中那收音機裡的聲音總混攪著單車的輪影，一吸氣滿腦淨是下午場電影散場後，側門一開噴出的霉冷霧氣。

寂寞，是小羅對活著這檔事最初的印象。

心裡總巴巴地惦著電影。終於上了初中，一下課拚命踩著單車奔向鄰鎮的電影院趕五點那場，七點半晚餐前再飛奔返回。海報已收集了兩大紙箱，看過與沒看過的電影攤在床上時，一個個電影紅星都只為他一人演出他編排的情節。也許，只是也許，青春期的小羅想像著有一天，自己也能與那扁圓鐵盒子裡裝的菲林產生某種命運的聯結……

靜靜站在偏西日頭下，望著自己身長拖曳變形的陰影，小羅想到了十年前一切仍平靜如舊的那個夏天。小鎮上沒有一臺臺卡車停靠，吉祥戲院門前沒有不分晝夜的水銀燈，街上沒有穿著日本服的臨時演員，在一切都沒發生前的那個夏天……

回頭朝著老戲院投望最後一眼，他離家了，憤怒卻又滿是說不出的迷惘。印象裡，小鎮的街道在秋光裡突如水瀑一般漾漾朝自己湧。而「吉祥戲院」四個楷體鐵鑄字，明明釘牢在洋灰磚牆上，紅漆斑駁像被蛀鏽會隨時脫落跌下。聽說外景隊當年看上的就是它那不合時宜的滄桑，典型的昭和年間二戰末期的混洋風格……

此番回老家前，小羅先抽空去看了改行經營起電影院的阿昌。

那日正巧戲院整修內部，阿昌解釋說，觀眾挑剔冷氣太大聲，舊放映機常斷片，沒辦法，不再投點本錢就真的會被淘汰喔！

當年跑片打工的阿昌，不論陰晴，總背著那扁圓鐵盒子，氣喘吁吁騎著鐵馬來回附近鄉鎮，後來果真上了臺北在片場扛燈。來到他們小鎮上出外景的那部電影，就這樣，悄悄改變了多少人的命運。

這個阿昌，國語片的黃金民國六十年代給他趕上了，當年人說西門町電影院大看板掉下來鐵定會砸到一個導演，武昌街漢口街上電影公司更是三步一間。他肯苦幹腦筋也快，從扛燈光劇務場記幹到院線發行業務，存了錢娶了妻。就連錄影機興起的危機也成了他的轉機，原本經營困難的這間中型國語片院線戲院，被他廉價租下後，靠著跟本地發行商的多年交情，改做起西片二輪戲院的生意。雖開在西門町一座雜亂的商業大樓裡，一票兩片很受學生歡迎。

原來電影院內大燈全開是這番模樣，小羅瞪著放映廳裡那一排排空椅，讓他想起了高中的舊教室，總堆放著疊疊嶂嶂的鐵折椅。

這兒沒有魔術，沒有夢境，不過就是一間密室。不像老吉祥戲院，四面牆柱還雕盤著日本人遺留下的仿歐式飾紋。阿昌的放映廳四面貼著廉價的隔音板，連臺前的拉簾都省了，白銀幕光裸裸地敞在那兒。小時候的記憶中，銀幕前的垂簾一開始緩緩兩側拉動，場內的期待也隨之掀開，暗影幢幢的舊戲院立刻化身成了宮殿，帷幔紅帳後是意想不到的金碧輝煌……

跟阿昌說起吉祥要拆的消息，兩人一時無言靜默。

「你爸都還好？」半天，阿昌才嘆口氣：「唉。我也幾年沒回部落了，打拚不容易啊。」他打量了小羅一會兒，又道：「我看你又瘦了，怎麼回事？酒店那種地方，不好一直做吧？有什麼打算？」

「想先休息一下。」

胡亂回應了兩句，阿昌便沒再多說。他老婆送午餐來了，看見小羅直說不好意思不知道有客人，又慌張進了電梯說是去樓下麵店切點滷菜，要留小羅一塊用飯。一個是中部平埔部落的女人，一個則是東部阿美族，他們在這冷深無邊的臺北城裡，到底有了自己一個家。

跟著阿昌走進兩坪不到的小辦公室，裡頭木板油漆到鍋碗瓢盆堆得到處都是，小羅卻一眼就注意到地上那一疊的舊電影海報。

「我記得你小時候最喜歡蒐集那玩藝兒，要不要都拿去？」

小羅搖搖頭：「早就全扔了。」

阿昌從鐵櫃裡搬出了幾個洋鐵圓盤盒，要他猜猜那是啥。

小羅心頭一震，怎料惦記著來看看老友，其實是冥冥之中的牽引？難道那盒裡頭裝的真是——？

十年前的那個當下，隱約就知道，這一走就回不來了。沒想到的是，改變這一切的那部片子，竟落入沒有結局的命運，成了眼前從未殺青的一堆舊膠卷。

「電影公司早倒了說，結果沒人管，拍了一半的廢片，一直放在我這兒，還真不知該怎麼辦。」他邊說邊打開其中一個盒蓋，亮給他瞧。

看到那布滿灰塵與星羅霉斑的舊膠片，小羅暗暗笑了。至此他已明白，終於明白了，如果記憶也是一盒盒菲林，只怕是他藏起的那個裝了真相的鐵盒，永遠無法開啟。

「嗳，要不要放來看看？」

要不是認識阿昌這麼多年，他一定會認為這心血來潮的提議何其惡謔。

二〇〇七

「松尾教授？」

斜掛著背包，一副學生樣打扮的健二步出電梯，便聽見有人以日語向他招呼。是個年輕的女子，語氣中彷彿帶了一絲不確定。這位應該就是昨天電話上跟他聯絡的助理，來接他赴中午餐會的，健二心想。接著他猶豫了一下，最後決定用他不標準的中文，混雜著他的母語回應：

「陳小姐？妳好。Nice to meet you。」

見對方略顯尷尬了片刻，健二繼續說：「沒關係。從我昨天下飛機開始，大家都跟我說日語。這跟我在美國的情況一樣，大家看到我都不會馬上想到，我是美國人。」

健二看出小姐並沒法完全會意他這種美國式的自嘲幽默，反倒表情更無措了，她連忙跟他補白：「教授昨晚睡得好嗎？幫您安排的宿舍下週就可以準備了，不好意思這兩天先讓您住在旅館。」

「沒問題的，是我提前到了。」

他們邊說著話邊步出了大廳的自動門。健二在門口停下，朝對方微笑道：「對了，就叫我 Kenji 吧！妳讓我覺得自己好老。」

雖然健二企圖讓兩人對話輕鬆些，然而他太過於美式的言談風格，似乎讓助理反倒更意識到他外國人的身分而顯得疏遠。

是因為英語對臺灣人來說還是比較困難的外國語嗎？還是，這裡的人跟在他的本國一樣，因為他的亞洲人面孔，就習慣當他是觀光客或者新移民？

但這裡是臺灣。臺灣民眾畢竟跟日本文化比較接近。這點健二昨晚在旅館附近蹓躂尋找地方用餐時也得到了證實。很容易就看見日式料理的餐館，張掛出帶了日本味的招牌，寫著「割烹」、「松阪」、「串燒」、「定食」等等字樣。雖說如此，健二在逛了一圈後，最後還是走進了一間麥當勞。有些習慣還真是根深柢固啊！就像他父親時常抱怨的，什麼時候他才能真正懂得欣賞高檔黑鮪魚刺身的美味？

「松尾教授很年輕，聽說您三十歲不到就拿到了博士？」

「我想我運氣好。我讀博士那幾年，亞洲電影這個題目很熱門。」

健二在加州大學S分校已做了兩年的助理教授，正面臨了論文出版的壓力。他必須這兩年內再有一本重要的專書出版，否則他想進一步拿到永久教職的路途便更艱辛了。他的同學不少便成了這樣的遊牧民族，寫不出論文只好每三年換一個學校，越換越窮鄉僻壤。

申請到著名的「傅爾布萊特」國外研究獎助，選擇來臺灣，外人只知這跟他原本的學術領域相關，事實上，健二另有私人不便明說的緣由，也為此他才提前來到臺北。

「用餐的地方離這不遠，教授介意我們走一小段路嗎？」

「That's OK ——」健二立刻就自覺改了口：「我喜歡走路。順便，多看看臺北。」

九月的城市因為出現耀眼的陽光，又是正午，幾乎沒有秋天的氣息。健二把原本準備好的禦寒圍巾裝進了背包。

「李小姐，對不起，能再跟我說一下，等一下會有哪些人出現呢？」

「有我們的主任，一位系上教授，一位也是做電影研究的C大教授，一位本校日文系教授——喔！」助理小姐警覺地住了口，有點不好意思地看了健二一眼：「還有一位，她是日本人。雖然不是學者，但是在臺灣藝文圈很活躍的，應該算是自由撰稿人——」

「應該就是那種所謂的『臺灣通』吧？」健二忍不住又要調侃一下。

健二的海外計劃申請時按規定，一定要有某間本地大學出示的同意與邀請。他在數間大學的英文系、電影系、歷史系間斟酌了一番，最後選擇了H大的臺灣文學系做為研究支援單位。他不知是否每當有國外訪問學者的到來，都會讓主人如此興奮？還是因為他的研究主題？「戰後臺灣電影發展與日片之互動與影響」。難怪讓系主任誤會了，或許也把他歸為某一類的「臺灣通」了吧？還好，並未在計劃書中寫出真實內心裡的那個「研究目的」，不然……

「教授，聽說您這次研究的主題是臺灣電影？」

「啊？」健二回過神來，聳了聳肩：「騙騙美國人吧？現在來到臺灣，可要出洋相了。」健二看見小姐臉上又流露出了對他幽默感不解的表情。

「嗯……不會的。教授的普通話說得很好。」

「我在大學的時候同時修了日文和中文。」

「所以，您是在美國出生的？」

這回，健二只用了點頭代替回答。關於這方面的事，他發現還是輕描淡寫帶過就好。

從年長懂事以來，他對於自己的成長背景總感到難掩的不自在。

他永遠記得他還在幼稚園時，英語極不流利的父母親，幾乎總把他關在公寓裡，不像別的孩子都由母親陪著在附近的公園裡玩耍。那些母親們彼此招呼，會邀約著一起出現，或交換著自家烘焙的餅乾糕餅。他的母親卻是非常害怕與那些洋人接觸，父親則是一直待在日本駐外的企業，他們卻偏偏要住在全是白人的高級住宅大樓。在那棟大樓公寓裡，和他有著類似命運的孩子便是來自另外幾家從臺灣來的移民。如果真要問起，健二從什麼時候開始接觸到臺灣電影的？他或許又會半開玩笑給一個答案像是：喔，大概是跟姓林的、還有那個姓張的鄰居小孩一起做功課的小學時代吧？

念中學的健二有一天終於忍不住問起他的父母，為什麼要移民來美國？他已經聽夠了從小他們告訴他，在這裡可以受到比較好的教育，比較開放進步等等理由。在他成長的一九八〇年代，日本經濟如日中天，每天打開電視都聽到日本人又買下了哪棟美國知名地標建築，併購了哪家美國大型企業，這讓健二在學校中莫名受到波及，不但被白人小孩排擠，也讓其他的亞裔側目。他的父母幫不了他，他們只活在自己的小圈子裡，甚至不像健二那些亞洲移民同學的父母，每隔幾年的寒暑假，就聽說帶著他們孩子回去母國探親。

健二的父母只有在他小學與中學時，帶他回過兩次父親位在四國高知縣的故鄉。一次是祖母七十歲生日，第二次就是祖母的葬禮了。至於祖父，在健二的生命中是不存在的，即使回到祖母家，健二也隱約感覺得出，那是一個大家避談的人物。

參加祖母葬禮的那趟旅途中，健二第一次聽說了「灣生」這個名詞——原來他的祖父母是臺灣出生的日本人。

關於他的祖父母，他的家族，原本一直在健二生命中是一塊無解的空白，或已被漸忘，或被刻意隱瞞。但灣生祖父被家族親友無意間提及後，這個事實突然就成了健二生命拼圖中的第一片線索。禁不住健二進一步的追問，父親只好告訴他，祖父很早就拋棄了他們母子，不知去向。祖母靠著獨力經營溫泉旅店把父親撫養成人。在家族的認定中，祖父算是死了。

父親迴避的語氣讓健二彷彿懂得了些什麼。移民美國對當年才二十多歲時的父親來說，或許是一種逃避。但是究竟要逃離什麼不可改變的事呢？健二一片一片地努力想拼出全貌。而這一站，臺灣，會不會就是他這些年的尋找，最後所需要的關鍵碎片呢？……

「教授，這裡過馬路，下個轉角就到了。」助理小姐的聲音打斷了健二的胡思亂想。

他聞聲抬起目光，眼前的景觀讓他的心跳快了幾拍。急尋路牌標示，一條名為博愛路，一條喚做衡陽路。臺灣總督府原樣不動成了蔣介石來臺的辦公廳，這在任何有關的臺北資料中都可以看得到，並不稀奇。但是，這個並不寬闊的十字路口——

榮町！

沒想到即使在附近高樓林立、五顏六色店招混處的表相下，殖民時代建築的風情還是如此醒目地流露了出來。這是他從許多舊資料影片中曾看過的老街。

等健二睜大了眼，突然剛才榮町舊地的影像，竟像藥水失效的底片般失去了輪廓。眼前又只剩如今的臺北，熙來攘往的交通與人群。仔細在門面與門面中找尋，有幾戶擠在改建後的大樓間的低矮二層樓房，確實保存著殖民風的土洋混搭，留下了此地曾為榮町舊址的少數證據。

但是剛剛健二心跳莫名加速的真正原因，不是因為這些稀少的殘留。有那麼一瞬，他看見的是完整的榮町！

連菊元百貨都在街口重新現形，可能健二的祖父都曾經騎著腳踏車從眼前悠悠滑過的那個榮町……

像是電影的淡入與淡出，舊都的魅影短暫，立刻被現實取代。

健二心中突然湧起難言的激動，以及隨之而來的惆悵。

第二章

一九七三

阿昌俯身幾乎全貼在了腳踏車龍頭上，腳下使了全勁奮力猛踩，感覺整個人就快失速翻倒，卻又像隨時就要騰空離地起飛。炎熱的七月蒸燠，連風刮過皮膚都像燙傷。阿昌嘴裡沒停地直抱怨，書包中的洋鐵盒隨了顛簸的泥路也喀啷啷直作響，配上踏板鏈條嘰嘰亂叫，在田間小路上的這部車影，簡直如同一個單人雜耍樂隊。

附近鄉鎮之間這些年，全靠了阿昌這樣分秒必爭猛趕，才讓一部部電影放映順暢。在他接手之前，原本的阿伯體力真的不行了，每天總有一兩場放映師要無奈打上「跑片未到　敬請稍候」的手寫投影。

今天阿昌書包裡裝的是李小龍的《精武門》。剛才在等放映師換片捲帶時，阿昌偷空又看到了陳真至日本武館挑戰的那段精采好戲，一拳打爛了「東亞病夫」的牌匾，抽出雙截棍迅雷不及掩耳，小日本鬼子一排皆倒地呻吟。

已經看過無數遍了，這一天，阿昌在血脈賁張之餘，卻不自覺嘆了一口氣。

世事何其難料，就在一個星期前，李小龍就這樣突然暴斃了。

腦筋動得快的片商立刻又將舊片《精武門》安排上檔，匆忙中拷貝有限，因此從南到北展開了瘋狂跑片接力賽。到了他們東部小鎮，拿到的已經是畫面不時下雨，刮痕累累的疲勞膠卷。

背著影片趕路的阿昌，想起片中李小龍銳利又孤傲的眼神，心中總有股難喻的不解與不安。

李小龍如旋風般的出現與消失，對於阿昌來說，似乎代表了什麼不可知的預言。就連他的拳腳功夫，彷彿都只是為了完成這個完美謎樣預言的一種裝飾。才十七歲的他無法接受，一個如此強大的生命可以像這樣瞬間消失，就像他無法理解，自己近來常無端出現的焦慮與苦悶……

我總不能永遠在幹這同樣的工作吧？

一夕成為偶像又如何？連自己怎麼死的都不知道。

他一定是老天爺派來的，可是，為什麼是在打日本人而不去殺共匪？

李小龍李小龍，你是真的有這麼厲害喔？報紙說你其實是美國人，娶的也是洋婆子。我們都把你當自己人耶怎麼會這樣？

管你哪裡人，看你揍壞人就很爽！

我阿昌也很想揍人哩，第一個就先揍死那個混蛋訓導主任，還有班上那些叫我野豬昌的！幹！

幹幹幹！八格野鹿！——

阿昌的嘯聲穿過寂寂的水田與樹林。

這是個山雨欲來之前異常平靜——平靜到近乎死沉——的年代。

活在這年代的人們，無法自覺被壓抑的渴望，只有痴迷於李小龍的英雄形象，彷佛在抵禦外侮的悲劇中，永遠可以獲得最大的滿足。

雖說才歷經了退出聯合國與中日斷交這樣的衝擊，但國家的前途對一般人民來說，都還是遙遠且抽象的概念。外侮不再是肉搏的侵略，變成一種看不見的，叫國際情勢的東西。蔣總統要全國軍民同胞學習莊敬自強，處變不驚。走到哪裡都看得見這八個字的標語。莊敬自強，處變不驚。

莊敬自強處變不驚莊敬自強處變不驚
莊敬自強處變不驚莊敬自強處變不驚
莊敬自強處變不驚莊敬自強處變不驚

也許人們自己也不明白到底被壓抑了什麼。大家只是沉悶地等待著，等待一種同仇敵愾，或者是一種崩壞。連《英烈千秋》、《梅花》、《八百壯士》那樣的抗日電影，還要等幾年後才會出現，蔣公在這個當下仍然是萬歲萬萬歲。此時的老百姓還無法想像再過個兩年，在一個雷雨之夜，民族救星會驟逝，反攻復國堡壘將一夕成為過去。

島上東部恐怕相形更沉悶了些。不是不曾感受過變動，而是所有的激盪沖刷到此更宛如泥流入海沉積。日本人來過，走了。客家人移居，住下了。一群大陸撤退來的軍人進駐，炸山開隧道建公路，也落了戶。散落於後山的鄉鎮，像是始終在收集著一次又一次的、時代變動後的剩餘。

對於祖先曾被日本殖民帝國稱蕃仔、後來又被國民政府叫做山地同胞的阿昌來說，注定將被時代遺忘是他從小聽到大，族裡長老酒後經常發出的恨喟。於是他們習慣了靜觀，也習慣了隱藏。儘管目前仍只存在他的預感中，可是阿昌感覺到了，將有一場變化，像暴雨來臨前雲與泥混合成的那種淡淡刺鼻的腥味，飄進他的想像。他必須做好迎接的準備。他現在最關心的問題，是如何半工半讀把高中文憑拿到，想辦法永遠脫離這裡，去到大城市做文明人，不要再被老師同學視做蠢髒落後，這是他暗暗埋下卻從不敢明說的期望。

夏日午後的西北雨總是說下就下。

趕到吉祥戲院時的阿昌，已經淋成了一隻落湯雞，三步併兩步直衝放映間。放映師坤仔嘴裡叼著菸，熟練地把運送來的拷貝上了機，四三二一，前段接後段，轉換得神不知鬼不覺。阿昌鬆了一口氣。等不及他先喝口水，坤仔就興奮地宣布有大消息，叫他要「洗耳恭聽」。

「洗屁股啦！還洗耳咧，你要放什麼屁想嘛知。」

坤仔笑咪咪遞給阿昌一支菸。

「有人要來我們鎮上拍電影喲！連鎮長都出馬了，正陪那些臺北來的什麼製片、導演、劇務在樓下看電影呢！聽說是看中意我們這間老戲院的古早味，整條街都要拿去做戲喔！要拍什麼抗日愛國電影說？老闆很會算，戲院租給人家拍片，這樣加一加，一個月下來收進的錢，比一張戲票三塊錢好賺多啦！臺北來的真有錢，怪不得大家都想要做明星。看他們花錢的方法就知，拍電影真好賺。」

沒錯，他們這裡曾是日本人來臺灣屯墾的聚落村，吉祥戲院所在的街道上還看得到整排的日本房舍。抗日電影？是像李小龍打日本人那種功夫片嗎？還是像《揚子江風雲》的那種間諜片？為什麼突然又要抗日？臺灣不早就已經光復了？阿對喔，日本與共匪建交了，真是忘恩負義——

阿昌的疑惑隨即被與自己更切身的問題打斷：戲院被借去拍電影，那他不就少一家跑片的點，他的損失怎麼辦？

果真如阿昌所料，他因為電影外景隊的來臨反而落到一邊涼快，連坤仔都被留職，因為電影公司有不時看毛片的需求，放映機仍得人顧。就這樣，早在拍片工作人員從臺北出發的兩週前，鎮上就開始忙碌了起來。唯一的一間旅社率先開始大掃除，換新了房間裡所有的被單床單枕頭，甚至還準備在電影明星抵達入住時掛上紅布條迎接。

男主角會是柯俊雄嗎？還是王羽？……啊你講啥米肖話又不是要做武俠片！……女主角一定要湯蘭花，你們平地人哪個比得上她漂亮！……楊麗花卡好啦！……伊是要做女主角還是男主角？……他奶奶的抗日，俺打了八年日本鬼子，看他們能拍出個啥名堂！……老伯老伯別生氣，到時候找你演總司令啦哈哈哈……

雜貨店忙著進貨，汽水飲料一箱箱堆滿了店門口，連美容院裡客人都開始川流不息上門，因為鎮長已經表明要全力配合拍攝，所以會動員上百名鎮民擔任臨時演員。自認稍有姿色的小姐，盤算的當然不只是臨時演員的便當而已，美容院來給他走一遭是必要投資，難說不會被導演一眼驚為天人……唉喲，金水嫂妳香燭店生意都不顧，也跑來美容院嚕？

甚至常年在戲院停車庫後破工具棚裡蹲著的老羅，也突然成了不可或缺的重要角色。

電影公司的美術組主任（據說還得過亞洲影展的最佳藝術指導獎）與副導（曾經是臺語片導演，卻因賭債消失一陣，再回到這行時臺語片風光時期早已結束）早幾天已來勘察過街景地物，然後交付了老羅一項重要使命。少了它，要恢復一九四〇年代日本統治下的臺灣風景還真不行。

「喏，電影院的看板得全換成這些老電影，總不成還在《精武門》吧？師傅師傅麻煩你趕趕工！」

老羅從副導手上接過一張舊電影海報翻拍成的彩色照片——《蘇州夜曲》，滿映皇后李香蘭，日本第一小生長谷川一夫主演。老羅打鼻孔裡嗤了一口氣，把照片塞回對方手上：「這個不對。」

「哪裡不對？」曾在臺語片時期風光過的黑狗，沒想到自己竟會被這個滿身油彩、看來有點瘋瘋癲癲的老外省人嗆聲：「是你知道？還是我知道臺灣以前長怎樣？」

「你看過這電影嗎？」

對方噘了噘嘴懶得搭腔：「沒有……那又怎樣？這可是從日本帶來的海報原圖！」

「沒看過？好，那我告訴你！」老羅蹲下把擱在地上喝了半瓶的五加皮拿起，咕嚕灌了一口：

「《蘇州夜曲》？分明就是《支那之夜》！這張海報是後來在中國上片時用的，他小日本有這個膽不改片名？殖民地人看的叫《支那之夜》，中國人看的叫《蘇州夜曲》，懂了吧？在臺灣怎麼會出現這張海報？擺出來不笑掉人大牙！我老家就在東北，在瀋陽看《支那之夜》，就覺著李香蘭長相怪彆扭，哪點像咱們中國人？——」

老羅的大嗓門引來附近鄰居湊過來看熱鬧，他們平時就愛聽他的瘋言瘋語當作餘興。像是他總愛說得天花亂墜，關於日本人跟蔣介石那個老賊根本有密約，是蔣老賊變相把東北送給日本成立滿洲國，借日本人之力消滅異己，否則東北軍閥跟蔣老賊作對，他根本壓不了。本地人沒見過像老羅這麼恨他們蔣總統的外省老兵，總看他是因為老婆跑了，一肚子怨氣沒處發。

正當美術主任與副導面面相覷，半信半疑的時候，看熱鬧的鄰人中突然冒出了一串標準的日語。眾人轉頭忙尋找，是金水嫂她婆婆背著五個月大的孫（金水嫂一連生二女，讓這個婆婆很不滿意）在喃喃自語。

突然面對所有人注意力都轉向了她，老婦嘻嘻笑出一口金牙，臺、日語夾雜指著老羅說：

「嘿哪嘿哪，老芋仔講得嘸不對，是《しなのよる》啦！」

儘管心裡窩囊，看在趕工加錢的份上，老羅此刻仍是一瓶五加皮、一包新樂園，蹲在那兒一筆筆把李香蘭的大頭描到了看板上。

我的家在東北松花江上那裡有森林煤礦還有那滿山遍野的大豆高粱……哼得荒腔

走板的抗日歌曲，配合了眼前《支那の夜》裡李香蘭的巧笑倩兮，任何人瞧見老羅工作的景象恐怕都會覺得啼笑皆非。

日滿親善，他娘的！老羅皺起鼻子打量起自己的傑作。左瞧右瞧這女人血統就是不純，東方人哪會生得這麼輪廓分明？大眼高鼻的，準有西方人遺傳。

老羅突然就福至心靈：這娘兒們是俄國佬跟日本人的種，絕對是好好栽培訓練過的情報人員！全中國都在聽她的〈何日君再來〉和〈夜來香〉，怎麼都沒人想到過她可能既不是中國人也不是日本人——

老羅頹然把筆刷丟進了洗筆筒。

十八歲離家，這一轉眼他孤單流離了二十五年了。提槍剿匪他老羅都沒怕過，有比戰爭更可怕的事，那叫孤獨。孤獨是一年一年越長越堅硬的甲殼，他背著那殼，哪兒也去不了，誰也進不來。

他可是正式考進過藝專的學生，如今淪落到畫這玩藝兒。

共產黨比日本人更可怕，投降解放還不成，祖宗三代的根都給你挖出來。逃難路上從了軍，基隆港下船時哪想到過從此就回不了家，跟著老蔣上了賊船了。

發現染上肺病就退了伍，被人騙上山去種水果，那麼點可憐的積蓄全都泡了湯，連從山上帶回來的老婆沒兩年也跑了。孩子的媽把才剛念小學的兒子丟給他，說要去大城市幫傭，頭幾個月還寄了錢回來，半年後就音訊全無。去幫傭是假，她早搭上了別的男人一起雙飛。

孩子是老羅心頭的痛，他知道自己對不起他，沒把他媽找回來，也沒真正給過他一個家。拖著孩子不同地方打工，直到在這兒落腳。留下來畫這什麼勞什子的電影看板，純因為在孩子天真的想法裡，在電影院工作的父親讓他覺得光榮。爸爸會變出電影魔術，所有上演的電影他都畫得出，所有看電影的人都得先看他爹怎麼變法術。還不懂事的小羅，把這份畫看板的工作看得極神奇。

儘管老羅禁止兒子成天溜進戲院裡看電影，但小孩子不怕打沒記性，總跟他玩捉迷藏，結果這也讓父子間好歹多了另一種吵吵鬧鬧的互動。自他娘跑了後，老羅都幾乎忘了他還只是個孩子，沒娘的孩子自己會吃會睡，父子單調規律地一天天過著，連噓寒問暖都多餘。

沒想到電影院成全了一個借來的家，讓父子又像父子了。那幾年裡，兒子在他工作時總會身邊蹭來蹭去。他甚至又再度聽見，兒子自沒了媽後就不曾再發出的童腔，朝他開口「拔、拔」地叫，怯怯帶了撒嬌：「我想要那個，那個電影海報，好不好？」

那個當下他的心一酸，只想著能不能夠，讓他把這軟軟的聲音，永遠按在胸口上？

才沒幾年，那童音開始變聲了。這孩子上了中學後更如同中了電影的魔，老羅看在眼裡心疼又沒轍。兒子是他現在活著的唯一希望，巴望著他高中畢業能考上個像樣大學，存了這麼多年的一些積蓄都掏了出來，讓他去老師家補習。但老羅心裡有數，兒子偷偷把補習費全花在電影上。眼看著兒子變了一個人，越來越孤僻陰沉，讓他懷疑是不是這一天終於到來了。兒子終於明白自己的家世是多麼不堪，他的父親原來是個這麼微不足道的小人物……

老羅揉揉眼，已經半夜了。一旦想到這額外的一筆進帳，他立刻又把畫筆沾滿了顏料。

李香蘭的巨型海報看板掛上的次日，電影外景隊終於浩浩蕩蕩進駐。

讓鎮民有點傻眼的是，沒看見柯俊雄或是楊麗花，男女主角竟是一對日本影星。中日斷交後，日片已全面禁止進口，這對日本男女演員年紀都輕，算是在日本影壇剛嶄露頭角，亦不是臺灣觀眾熟悉的寶田明或吉永小百合之流。

「不是一部抗日愛國片嗎？」鎮長捺不住心中的狐疑，偷偷向掛著製片頭銜的先生打聽。

「沒錯啊！」那人說，「一位年輕日本軍官，為殖民政策的不公挺身而出，因為深愛著臺灣同胞的善良可愛，不惜與日本在地官員衝突，最後甚至為保護被徵兵拉伕的學生還犧牲了性命。」

「這算哪門子抗日？」鎮長反駁道。

「有抵抗日本政策，就算抗日。」

「那愛國呢？」

「男主角反對侵華戰爭啊！這很符合我們的國家立場。」

「那這部片子裡有我們自己的演員嗎？」

「反正到時候配上國語發音，你們照看就是了。」製片先生已露出不耐的表情：「跟你說你也不會懂！」

確實，這並非一般老百姓能搞得清的狀況，因為此間的電影從業人員正以他們的方式在闡揚「莊敬自強，處變不驚」的精神哪。

隨後想到日後可能還需要鎮長的相助，張製片不由得把語氣放和緩了些，邊說邊敬了鎮長一支菸：

「我們許多國語片一直還在靠日本電影技術的支援，這個你們外行人搞不清楚。到時候字幕上並不會打出日本來的攝影指導、音效指導這些人的名字的。」

鎮長的困惑更加深了。

「好吧跟你說也無妨，這部片子原來就是部日片。臺灣禁止日片進口，我們山不轉路轉，臺灣的日片市場放掉太可惜。所以把原來的電影加上一些臺灣部分的情節，再借臺灣電影公司的名義出品，借殼上市，懂了吧？這是造福臺灣觀眾啊！多少中南部的歐吉桑歐巴桑，以後沒了日片要怎麼活？現在來臺灣是補拍劇情，我們好不容易才掰出了這段男主角回憶的戲，託關係又送了紅包，才讓電影劇本通過審查。這兩位男女演員，嘿嘿，我們都想好了他們的中文藝名，到時候片子上映，就當是影壇新人。」

最後製片自己都忍不住得意地笑了起來，補上一句：「不然，你以為我們幹麼大費周章，躲到你們這個鳥不生蛋的地方來拍片哇？」

一九八四

破碎的片段不斷重複著相同的場景，尚未配音與經過剪接處裡，機械性的場次拍板後，又再度上演已看過四五遍的動作表情。一場走不出的夢境，明明確實在生命中發生過，卻連日本男演員的名字現在都記不得了，但那張臉卻是永遠刻印在記憶中，那蹙眉微傾俯視的神態……

事隔十年之後，他竟然如幽靈旁觀人間，在銀幕上看到攝影機所捕捉到的畫面，看到十七歲的自己，戴著日本學生制服帽，低垂著頭。一身灰色和服的男子伸手按住他的肩，傾身激動地朝他訴說著，沒有聲音，聽不見話語的內容，然後中斷，同樣的場景又再一次重來。和服男子這回才剛嚅了唇形便放棄，幾乎要哭出來似的用力扯開衣襟，忿然走出了鏡頭畫面……膠卷繼續轉動未停，戴帽的少年茫然地呆立在原地，然後不知所措地對著鏡頭外的人發出求助的表情……

卡。銀幕空了。

「我還記得那天，那個叫倉田什麼的男明星被導演搞毛了，戲拍了一半就罷工了。」阿昌說。

倉田。他竟然還記得那個名字，小羅有些驚訝。

「你還記得，你那場戲究竟在幹麼嗎？」

「我要被徵召去日本當童工造軍機，聽說去三年就可以獲得高等工業學校學歷，那個倉田問是不是學校老師逼我的？跟我說那是騙局什麼的。」

「記得這麼清楚喔？」

小羅當然沒有忘——想忘記都不可能。但是聽見阿昌的話後他停了半晌，如同等待自己的靈魂回竅，記憶方從剛才的畫面中抽離。

在他記憶中的那一日，與畫面中的聲光竟然會是同一個時空？

非常不可理喻的錯置。記得那天空氣中，水銀燈因燃久所發出的微焦瀰漫在四周，飾演年輕軍官的倉田眼神如此灼熱地籠罩住他，加上八月的高溫，他以為他隨時要昏倒了。沒想到在膠卷上留下來的，是他呆若木雞地僵立著，而倉田滿臉是疲倦與不耐，滑稽又不專業。

但剛剛從他口中不經意流露出的「我」指的是誰？是他在這部電影中的角色？還是這些年他一直追逐的另一個自己？小羅意外如此被描述出來的劇情，聽來有如算命師的占卜。

「真可惜電影沒拍完——」

「可惜嗎？」

「那個日本導演不是說，你很有天分？」

小羅哼了一聲。他從阿昌的語氣判斷，對方至今都還相信那是事實呢！也好，就讓他繼續這麼想也無妨，小羅暗自朝自己發出鄙薄一笑：我是很有天分，但可惜都用錯了地方。

阿昌起身去關了放映機。「剛剛看見老戲院出現在電影中的時候，有點難過。」聲音來自座位後方，刻意不靠近。

「難過什麼？難道懷念留在鎮上幹跑片的工作？」

吉祥戲院早就淪為牛肉場，上演著低俗的脫衣秀，阿昌不會不曉得。臺上還有他的親妹妹呢！但是小羅住口不再多語。

「後來出了那樣的事……我覺得難過是因為，如果當時電影順利拍完，你也許就可以……蘭子也許就不會……」

阿昌會這麼說，是因為不確定該如何面對他嗎？不確定該為自己如今能在臺北經營起自己的電影院感到慶幸，還是該為友伴的人生就此打亂而惋惜嗎？

小羅努力想聽出阿昌口氣裡可有怪責的成分，甚至他懷疑，現在的阿昌，對整件事的理解可能與當年有了差距。經過了這十年的社會浮沉，他們都不再是當年單純的小鎮少年。阿昌若真夠機靈，大概早已琢磨出了些端倪。

這麼多年過去了，小羅仍無法、也不能說出自己的理由。可是蘭子的事真的不能怪他！即便他相信他並不應受到異樣眼光的譴責，他也已為此付出了代價了不是？這十年所受的屈辱、無助、背叛、悔恨足夠了，真的夠了。他連自己的身體都已經出賣了。只是沒想到，此生最輝耀的聚光，竟然是在穿著日本詰襟樣式黑制服、頭戴白線學生帽站在開麥拉前綻開笑容的那一刻，已經開始黯淡……

「阿昌，你幹麼給戲院取這樣一個名字？」

罷，決定離開臺北的決定就別告訴他了，小羅心想。「『金快樂戲院』？你也真沒水準嗳！」

一蹬腳從座椅上彈起，也許，這是他們最後一面了，他一定要努力讓自己的笑容留在阿昌心裡。

「有什麼不好？看電影本來就是很快樂的事啊！」

「你還記得我們剛到臺北時，住的那家破旅社嗎？」

「就是夜裡會有老鼠把我們的泡麵都咬破的那個爛地方？」

「是啊！」

「好像，是叫『星光』？」阿昌搖搖頭，噗哧一笑：「齁，我好久都沒再想到那地方了。」

沒錯，那地方叫「星光賓館」。

阿昌，你到底沒忘記，真好。其實叫「星光戲院」也不錯呢！那樣的話，就算我不會再來你這裡看電影，我會永遠知道，有一部分屬於我們的過去，被保留了下來。

雖然那時候我們什麼都沒有，但是也不懂得怕，因為還沒有那麼多慾望的緣故吧？苦，若只是單純因為沒有，那就去努力，其實也就不算什麼苦了。最怕的是逃避的苦，明明在那裡，卻不甘心只有那麼多。我現在都明白了。

看到你過得很好，我很為你開心。真的。

那麼，你還記得我們初到臺北的時候，發現臺北的晚上都看不到星星，覺得好奇怪嗎？不像以前，一抬起頭便只見星光滿天，隨地躺下盯著天空瞧，沒一會兒就會有一顆流星劃過。

那時候和你跟蘭子，有時候我們會騎了腳踏車去夜晚的海邊看流星。記得我們還曾經為應該形容流星是墜落、滾落、還是滑落在爭辯，最後蘭子說唉呀通通不對，其實是滴落。好像眼淚那樣，巴答滴下，然後很快淚就乾了，所以沒有人注意喔。

那一夜，我們就攤開手腳躺在沙灘上，仰望了不知多久，你還猜哪一顆是傷心的流星，哪一顆又是喜極而泣的流星淚滴。所有其他的星光點點都不讓眼淚滴下來，所以才要拚命眨啊眨，我說。

我知道你喜歡過蘭子，阿昌。

下次回去的時候，路過記得去看看她吧。

她也許認得出你，也許認不出了，要看她那天的情況。不過她現在總是很安詳地微笑，看不出來受到過打擊，她在她自己的世界裡似乎總可以看到聽到讓她萌生喜悅笑意的事物。也許我們都早已不在她的那個世界裡了。

我從來都沒有停止過質問自己，如果當時選擇保持沉默呢？是不是這一切就都完全不同？我當時真正的動機，究竟是不是如我相信的那麼單純？因為有些模糊了，每次回憶整件事，那一兩處模糊的關鍵不免讓我心驚，滾燙的心彷彿要灼穿胸口……

我甚至從來沒請求過她的原諒，就這樣離開了小鎮。畢竟我們都還太年輕，更何況我是根本無法照顧蘭子的啊！

我追求的，是你無法懂的。

事情發生後，你應該帶著蘭子一起走的，阿昌。這樣子說是不是對你太不公平了？我是個從頭到尾極端自私的傢伙啊，這才是我受到懲罰的真正原因吧？

我要走了。也許再也不會回來了。

不要忘記，有空回部落時要去看蘭子，跟她說話。就在火車站的月臺上，你會看見一人獨坐在板凳上的她，如此平靜，像是幫我們守護著某樣我們已經不記得的東西，就在小鎮的邊境上……

跨出電梯，一步就踏進了華燈初上的西門町，錯亂耀眼的霓虹店招，豪華堂皇的來來百貨公司、獅子林商業大樓，電影街……當年阿昌打工的電影公司不就在轉角那棟三樓上？現在成了一家MTV視聽中心。

小羅舉目駐足，陷入了沉思。這時從獅子林大樓前小廣場吹起一陣過堂長風，他才意識到，臺北已經是秋天了。

第三章

健二大學時代就讀的是經濟系，卻背著他的父母在電影系完成了一個雙主修。申請電影系研究所時也沒事先告知，等到決定入學時一場家庭革命自然無可避免地發生了。

想要去念電影研究所的健二，在當時是一個對亞裔被美國社會邊緣化充滿憤怒的二十歲青年，他以為他的決定是覺醒力量累積所必需的一粒水珠，遲早會聚合成為一條河流。

亞裔多年來被美國社會樣板化的現象，一直是健二與其他亞裔同學厭惡的，但是多數同學到頭來還是乖乖順應了潮流，成為了大家眼中亞裔最「適合」的會計師、律師或醫師。

以往健二相信這是移民第一、二代最容易出人頭地的方式。但是從小數學就不好的健二，每當被白人同學揶揄：「喂，Kenji，你很丟你們亞洲人的臉嗳！」他便忍不住懷疑：一定有很多像他這樣的人，最後仍是硬打鴨子上架的方式，選了一個成天與數字糾纏的職業。

為什麼大多數的人依然認定，會計師、醫師與律師是為他們準備好的一條路？為什麼他的同學明知他們到頭來只會成為一個二流的會計師、醫師與律師，卻不願或不敢做自己想做的？

而彼時亞洲電影，尤其是來自中國與香港、臺灣的電影在美國正熱，他以為電影必將是主流統治鬆動開啟的另一扇門。但是直到他完成博士學位，健二眼看著這股風潮的降溫與潰散的過程。亞裔的導演與演員仍然出不了頭，美國影業先是讓來自亞洲的電影占住了市場，這樣一來美國土生土長的黃皮膚又被斷路，幾年後美國製片乾脆買下亞洲電影的劇本改拍成好萊塢片，連亞洲片也慢慢被取代。

多元文化假象幻滅後，支持健二繼續做他的亞洲電影研究的動力，最後還是來自他謎樣的祖父身上。

在為他改念電影而鬧家庭革命的那時，健二的父親氣頭上無意間說出了讓他震驚的話：「你竟然又跟我父親一樣，成了一個毫無責任感的人！」

原來自己不是這個家庭裡唯一的怪胎，畢竟他的血液中流有跟祖父相同的不按牌理出牌的因子。他會對電影著迷也是來自祖父的遺傳嗎？

父親的憤怒與悲傷在當下健二尚無法完全理解，年輕的他乍聽見幽靈般的祖父竟會在這樣的情境下出現在他的生命裡，只感覺到難言的震驚，甚至是神祕的興奮。

「你的祖父，在我七歲時就離開了你祖母去了東京。」

「是去做演員嗎？」

缺席的祖父因為保留在父親相簿中僅有的那張照片，而不至於在健二的印象中完全空白。

照片中祖父與祖母同樣身穿和服端坐著，祖父把仍是嬰兒的父親抱在膝上，看那兩手的姿勢顯然不是對哄抱幼嬰太熟練，像是害怕那肉團團的東西會隨時滑落似的使了太大的力氣，因此父親的臉上流露著不舒適的欲哭表情是可以理解的。

讓健二不能理解的反倒是祖母的苦笑，勉為其難地用彷彿委屈的斜眼目光睨著鏡頭。祖父則是面無任何表情，不是冷漠或僵硬，而是平靜到似乎失神的樣子。

即使如此，健二驚訝約莫才二十出頭的祖父是個非常英俊的青年，雖略嫌瘦削，梳的是那個年代的中分髮式，但祖父的臉孔在英挺性格中又帶了一種優雅，那種瀟灑藝術家氣質。一雙單眼皮的眼睛橢長而亮，只是在照片中正望著不知名的某處，顯得心事重重的樣子。

那麼，父親的雙眼皮應是遺傳自祖母。用現代的標準來看，足可當電影明星的祖父與祖母是不太搭調的。健二一直覺得不應該卻無法制止自己這麼認為，照片中的祖母相形之下，是個土氣而有點像農村婦女那樣粗壯的女性。

「不是當演員。起初的來信上說，他在『日活』片廠打工。」

「祖父是熱愛電影工作嗎？」

「小時候家境不是很好，父親一直是很鬱悶的樣子，但是我仍記得父親帶我去看過電影，印象中那是父親難得好心情的時刻——」

健二的父親說到這裡稍微停頓了一下，接著語氣轉為沉重：

「父親從臺灣回到日本國土時已經二十多歲了，與其說回家，不如說是來到一個陌生的地方。他的父母是因為當時本國太貧困，所以響應了國家移民臺灣的屯墾計劃。他的母親，應該說我的祖母，到了臺灣擔任的是收入微薄的蕃校老師，祖父在伐木林場做工受傷，後來只有以打零工貼補家用。你的祖父念完初中就跑去臺北，據說因為受不了愛喝酒的父親對他的打罵。等到太平洋戰爭爆發，被徵兵去了南洋再因日本戰敗回國時，你的祖父已經是孤單一人。聽回國鄉親說，他的母親在回國的船上染了重病不治，父親則在日本宣布投降後，因為臺灣人對日本人長久心生不滿，在爆發的一場小型衝突中不幸遭到攻擊喪生。我的印象中，父親的不得志確實跟他灣生的背景而在本國遭歧視有關——」

那麼，怎能說祖父是不負責任呢？健二不懂。

「這些，唉，以後再慢慢告訴你吧！」

從來，父親都不曾與他談起這麼多有關於祖父的過去，而健二更意外的是，這一次的憶往讓父親對於他選擇轉念電影研究明顯造成了態度的軟化。健二的迷惑，或者更像是一種沉迷，也無疑從這時候開始。

如果說他之前澈底相信自己是不折不扣的美國人，是個人主義的堅實信徒，二十歲之後的他首次感覺到家族這個概念，有若空氣中細細飄動的吐絲拂繞在自己的身上。

可是祖父依然是個虛有的輪廓，缺少太多讓健二感覺存在的血肉。小學課本上五月花號漂洋過海來到新大陸的故事，與從父親口中的日本曾祖父母登陸殖民地臺灣的家族歷史，漸漸在健二感情中出現恍惚的重疊，在他理智中則出現了無解的衝突。

夾處於殖民者，也是移民者後代這兩種身分間，他害怕自己注定將成為一個無根的人。他開始對日本如何鼓吹殖民屯墾夢進行瞭解，尤其是從當年的紀錄片中。他一方面驚訝於當年拍攝的水準，也同時對於影像所建構出的神話感到震撼。健二不免要質疑：他的父母連英文都不靈光就毅然遷移到美國，他們的想像又是從何而生？

即使到了他的世代，追尋美國夢的移民神話依舊不斷在他生活周遭上演，同學中充滿著來自印度、中國、臺灣、日本、韓國、香港、新加坡、菲律賓……的亞洲新移民。這些歡喜來到美國的家庭就這樣成就了另一個新帝國。

會計師、醫師與律師永遠是統治階級給次等公民開的一扇門，連日本人在統治臺灣的時候亦然，只不過美國白人主流社會做的較高明罷了。

因為身在帝國領土，領有帝國頒發的身分證，就讓這些新移民對於白種殖民的壓迫心甘情願了呢！健二被白人殖民的命運不是他決定的，就如同他的祖父曾為殖民者後代，恐怕也不是他能改變的。

他的家族是被一則又一則的移民神話所蠱惑了嗎？但是在戰後祖父成了被邊緣化的失敗者，健二不知該如何同時從理智與感情的角度，給予一個讓自己心安的答案。

只有靠著想像與祖父間存在著血緣外唯一最具體的聯結，電影，健二在情感上逐漸接受了這個拋家棄子的男人。

相信一定有他的苦衷。

那樣錯亂的時代，小人物想必總有著太多無法訴說的困惑與恐懼吧？健二總如此安慰自己。

進入研究所後，面對一批新的同學，健二再也不像從前在旁人談起家族過去時只能默然迴避。

也許是希望自己與祖父共同具有的對電影的熱情能聽起來更真實，也或者是純粹年輕人的虛榮，他替自己的祖父虛構了一個身分。

「我祖父是電影明星喔！」健二會如此對同學說起。

「真的嗎？他叫什麼名字？」

「松尾森。」至少這點他很確定。

「他很有名嗎？他拍過什麼電影？」

「都是一九五〇年代的一些片子，太久了，拷貝大概都壞了吧？我也沒看過哩。」

「有機會我們也幫你找找看囉！」

「噢對了，他是『日活』的基本演員。」

健二不自覺已經把故事又填充了更多細節。

「是古裝劇演員嗎？」

「好像是那種偵探片比較多吧！」

在回答同學類似好奇的問題時，健二莫名地感受到從未有過的一種自在，渾然不覺自己是在編造一連串的謊言。

在接下來攻讀博士的過程中，做為一個日本電影演員孫兒的虛構，輕易地取代了原本有著一位灣生日本祖父的糾結。健二便如此以電影世家的身分解決了做為新移民，時常被問及「你從哪裡來？」的尷尬。

電影無國界這種說法，健二對它便有了另一種的解釋。他擁有一本看不見的母國護照，來自一個並不存在卻人人皆知的國度，這個念轉暫時助他度過了認同的焦慮期。

直到二〇〇三年日本著名導演深作欣二過世。

健二當時正在博士論文最後完工階段，雖然過世的導演在他的論文中與大島渚、山田洋次同樣占了重要的篇幅，但論文內容大致底定，健二並未注意當時因導演逝世而出現的一些文章。

三年後已在加大S分校暫時安頓的健二為了一場研討會的論文發表，又重新想到了當時或許遺漏的資料，便著手以深作欣二做為題目。一直在東映擔任副導的深作欣二，離開東映後拍過許多不被認為有討論價值的商業片，這一點卻讓健二好奇起來。

「聽說過《神風野郎真晝之決鬥》這部片子嗎？」健二開始逢人便打聽，希望有機會取得電影拷貝資料。

「沒聽過。誰拍的？」

「那麼《白晝的無賴漢》呢？」

「怎麼聽起來都像是無聊的商業片啊？」

「都是深作欣二的早期作品。你難道不會好奇，深作的《大逃殺》與他早期的黑幫電影也許存在著某種關聯嗎？」

對於旁人驚訝或不屑，一個電影系教授對B級商業片發生這樣大的興趣，健二習慣如此回應。

而事後回想，健二則又會加上「冥冥中注定吧」這樣的感嘆。

後來果真弄到了深作一九六六年出品的《神風野郎真晝之決鬥》殘舊不堪的片斷拷貝，讓健二大感吃驚的是，這部片子如此難尋的原因除了年代久遠、又不是什麼重要的深作電影作品之外，竟是因為這是一部臺灣與日本合製的電影，在日本雖交由東映發行，但是版權不屬於日本合作單位。

不過是一部公式型跨國追緝毒販的動作片，臺灣脫離日本統治後的一九六〇年代面貌，在片中只是驚鴻一瞥做為無聲場景。「臺南國光影業公司與日本人參俱樂部合作拍攝」？這是兩個怎樣名不見經傳的奇怪單位？健二所受的學術研究訓練自然被敏感地觸動了。

這樣的電影竟然會由深作欣二執導，並有高倉健、千葉真一這些當紅演員參加演出，最後卻又落得版權不清的失傳下場，這讓健二感到不解。

他以往所瞭解的是，臺灣電影發展的早期一直在技術上向日本學習，但是像這樣的合作方式看起來另有文章。而且當中許多片子根本不是日語片，而是在臺灣國內所謂的臺語片。

健二對日本戰後電影導演的研究不得不旁生出意想不到的枝節：日本導演在一九五〇到一九七〇年間在臺灣拍攝的電影何其之多——

千葉泰樹、岩澤庸德、田口哲

志村敏夫、湯淺浪男、小林悟、船床定男、西条文喜

倉田文人、福田晴一、高繁明、山內鐵也、鷲角泰史

田中重雄、森永健次郎、石井輝男

深作欣二、松尾森……

松尾森？

從一疊疊浩繁資料中突然映入眼中的這個名字，讓健二整個人楞住了。

可能嗎？

原來他在這裡？

健二花了一週時間瘋狂搜尋資料，以最短的時間寫好了研究計劃書。他沒有想到，原本已嫌沉悶的學術研究生涯，在寄出申請的那一天突然變得令人顫慄，令人充滿激情，也充滿著恐懼。

要去臺灣的事，健二一直拖到九月 Labor Day 勞工節假期才向父母親稟告。他的父母在美國住了三十年，感恩節、聖誕節、復活節是從來不過的。但是自他開始教書後，開學前的勞工節成了他回家探望過夜的少數假期，所以母親還是費心張羅了豐盛的晚餐。

飯桌中央放著壽喜燒鍋，更難得的是母親還端上了天婦羅。健二記得小時候，有一次母親正將裹好粉的蝦子一隻隻丟進油鍋，還沒撈起就聽見門鈴響了，新搬來的鄰居抗議，有奇怪的油煙味從他們公寓竄出。幼年的健二才注意到他的白人鄰居們多用烤箱來烹食，廚房裡沒有大鍋。蝦子都下了油鍋了，不炸完也不是，苦惱的母親端著剛起鍋、又酥又脆的天婦羅去按鄰居門鈴，想以美食相贈化解適才的不愉快。

胖女人站在門口，並不請母親進去，也不接過盤子，母親吃力地微笑著，以有限的英語一直在重複著 please，please。

拉著母親裙欙站在一旁的健二，知道母親想說的是請用請用，但怎麼聽起來那一聲聲都像是，求求妳求求妳。

最後胖女人的舉動，健二一輩子忘不了。她伸出肥短的手指，用食指與大拇指從盤中嫌棄地掐起一隻蝦，仿佛那是隻死掉的蟑螂，然後就轉身關上了門。

健二雖看不見門後的事，但是小小的心頭浮起胖女人直接就將天婦羅丟進垃圾桶的景象。經過這一番折騰，一盤原先酥脆的炸蝦再回到自家餐桌上時，已經變得軟趴油膩。

後來有好幾年，母親再沒有在自家廚房做這道菜，直到大樓裡搬進了臺灣來的移民家庭，他們介紹母親在廚房裡裝上中國城餐具行才買得到的抽油煙機。白人社區看著這些新住戶一家家廚房裡敲敲打打，既厭惡又忍不住因貪婪而暗喜，這些亞洲人把房價炒高了。

「真好吃！」健二愉快地把一片炸物送進嘴裡：「哇！好久沒吃炸茄子了呢！」

「現在超市裡都有這種長條茄子了喔。」母親說。

美國超市以前都只有圓胖的短茄子，但隨著十年前亞洲人越來越多，生意人也逐漸改變了他們的貨架內容。一度社區裡對這種改變大表不滿，有市議員在競選時還喊出「反對殖民侵略」的口號：

「這不是移民，這叫做殖民！我們不反對中國城或小東京裡有他們自己的招牌，但是父老兄弟姊妹們，我們現在四周都充斥著看不懂的文字與聽不懂的英語！他們來到美國就應該過美國人的生活！不該讓在這裡住了四五代的老鄉親，現在走進超級市場看不懂到底在賣什麼！這是我們的家園！這裡是美國！」……

一直沒開口的父親看著自己的碗，突然問起：「什麼時候動身呢？」

「下個月吧。」

「聽說在臺灣，能講日語和英語的人很多，應該沒有適應上的問題。」

「我的普通話也還ＯＫ。」

「他們不說臺灣話嗎？」

「都有的。」

健二默默端詳了父親一會兒，感覺從沒去過臺灣的父親，似乎心裡有另一種屬於他的認知。會是祖父留給他的印象嗎？

母親開始收拾桌面，留他們父子單獨在原地。這一點上健二的母親依舊是個傳統的女性，當男性談起嚴肅的話題時便會自動退開。健二猶豫了一下，終於決定話入正題。

「父親，我這次去臺灣，並不是偶然。」

「我想到也應該是如此。」

「我發現了一些事情。」

「從你要念電影開始，我就知道會有這一天。」

健二按捺住內心的訝異與激動：「祖父他，後來這些年，我相信他在臺灣。他都沒有再跟你聯絡嗎？他還活著嗎？我想知道——」

父親搖搖頭，健二不明白究竟那代表了什麼意思。是完全不知道祖父的下落嗎？還是？——「你是怎麼發現的？」父親半天才又開口。

「他在臺灣拍了幾部電影。先是臺日合作的日語片，後來還化名叫做『江山』繼續拍當地的國語片。有關他的資料不多，我最後能找到的，就是他一九七三年在臺灣開拍的一部電影叫《多情多恨》，卻沒有拍完，原因不明。」

「那都已經三十多年前了……」

「祖父他——」健二傾身向前追問：「都沒有再跟您聯絡了嗎？」

「健二，我的父親，他想逃離我們，逃離日本，這是我們改變不了的事啊！」

「但是，如果他已經過世，甚至是死在臺灣——對不起我必須這樣假設——我們難道不應該把他接回來安葬嗎？他如果還活著，今年應該都八十三歲了，還需要逃離什麼呢？」

「你不瞭解，他當年的出走有多麼突然！留下我跟我的母親生活多麼困難，還要忍受四周的人的嘲笑與鄙視，他是個完全沒有道德感的一個人！」

健二的父親激動地推開椅子，接著不發一語離開了餐廳，把自己關進了書房裡。健二的母親從廚房裡探出頭，臉上的表情戚然，顯然她聽到了父子間剛才的談話。

「健二，你就去臺灣吧！你是成年人，你要做的事情，我們不會干涉。但是不要把你的父親也扯進去，他花了這麼多年才平靜下來，何必讓他再經歷一次過去的噩夢呢？」

所以，母親是知情的？原來父親也在逃，而且逃得更遠，遠在美國度過了大半輩子。那母親呢？她只是對美國像其他人一樣有著盲目想像？還是她與父親都活在一個修補不了的年代，所以才同意與父親一走了之？但，到底是什麼不可說的過去呢？

絕對不僅是祖父，那個叫松尾森的男人身為灣生日本人這件事而已吧？健二暗自揣測。

舊書桌上的電腦還是十年前那臺早已沒人在使用的PC。那時候的記憶體容量還不足以負荷網路下載影片。年輕時忙著更新軟體，總以為越多越快越新就是通往越廣闊的世界。但是現在健二已不再相信廣闊與巨大的事物，從那顆狹隘、封閉、捉摸不定的心中所滋長出來的，原來才是最無邊無際的。

並沒有一條便捷井然、可以通往人心的聯線，人間的線路是如此錯雜紊亂又糾葛盤繞，即使有心抽剝，又怎知不會扯出更多的複雜迴旋，他以為此行去到臺灣就一定理得出頭緒嗎？

「健二——」

母親站在了他的臥房門口。

「唔？」

「你要睡了嗎？」

「還沒有。怎麼了嗎？」

「關於剛才……」

「母親，我突然對於前往臺灣感到不安。」健二緊握起拳頭：「我也許太天真了。我真的準備好去面對我企圖尋找的答案了嗎？我，其實不太確定，因此感到困擾……」

「我能明白。」

母親注意到擱在窗臺上，插著一小枝黃金葛的水杯，葉片露出無精打采的憔黃，訝異地嘆了口氣。「怎麼枯了？不是放進水裡很容易活的嗎？」

「母親，我是不是該放手？」

「健二，在你小時候，我和你父親有時也討論起，讓你成為美國人是對的嗎？等到我們看見念大學的你，對日本突然發生興趣，我們又在擔心這樣對你是好的嗎？」

做母親的邊說邊無奈地笑了笑：「後來才發現，這一切沒有對錯，每一代、每個家庭、每個人都有他要面對的，不管把他放在哪裡。」

母親邊說著，邊把水杯中那枝病萎萎的黃金葛取出，丟進了字紙簍裡。

所以，健二，你要的答案也不是我們能給的。

對於你父親，或是說對我們這一代而言，在當時選擇了能讓我們人生繼續走下去的理由，那就是答案了。

是戰爭，只能說是戰爭改變了一切，沒有辦法再回到原位了。我和你父親雖在戰後出生，但是戰爭的後遺症並未結束。有人永遠走了；有人永遠回不來了。有人回來了卻無法正常生活；有人決定因此離開不回來。

我的姑姑，我父親的小妹，就住在卡羅萊納州，但是我在美國卻從來沒跟她聯絡過。

這個小姑姑在美軍駐防日本後，就成了一個澈底美國化的酒吧女郎，每天濃妝豔抹、叼著香菸跟不同的美軍調情，大剌剌親熱地跟大兵走在馬路上。我那時才四、五歲吧，至今還記得她身上的廉價香水味，還能聽見四周的人背後以不堪的字眼罵她的語調。最後她嫁給了一個美國大兵，來美國幾年後就離婚了。家族不再談起這個人，讓他們抬不起頭來的女兒就當不存在。

我們錯了嗎？她錯了嗎？也許我們可以對她更寬容，她也許可以控制約束一下自己的言行，體諒家人的心情。但是她想要從戰敗與貧困中脫離的慾望大概太強烈了吧？還有對美國高大穿著軍裝的男性肉體，也出現了病態的瘋狂似的，這些都遠遠勝過抽象的家族啊傳統啊那些東西。

在當年戰後社會動盪，經濟敗壞的環境，家族長輩不能不擺出嚴厲的姿態，否則家裡的女孩子會開始覺得，那樣做沒什麼不對，都會跑去美軍俱樂部前排隊等人挑選啊。

你念過的書或許會教你不同的看法，或許姑姑果真是個值得同情的女人。但你不是活在當時，不會明白無情與無恥，在那個時代都是生存的答案。

回到你們松尾家族，我與你的祖父森有過一晤，我只能說，在那次短短的會面裡，我感覺得出我的丈夫為他父親的過失受夠了苦。健二，你要的答案，不是我們要的。我們的答案在四十年前已經存在了。

你們年輕一代要怎麼詮釋，我們已經管不著了。但是，就讓我們靜靜老死去吧，好不容易到了今天，並不是每個人都想回顧。你們要的答案，也只是為了眼前自己存在的理由罷了——

也只是為了眼前自己存在的理由罷了。

吃驚的健二望著母親漠然的臉孔。

他看到的不是自己的母親了。眼前的她是一個縮影，不過是一片時代的粉屑，一個六十多歲、頭髮灰白，三十多年來捍衛著家庭，但如今只等待能夠靜靜死去的老婦人。

第四章

一九八四

金黃日影流過一片片矮屋瓦頂，迴旋在原本附近唯一的一幢三層樓高的建築上。如今只剩拆除了一半的斷垣殘壁，逆著金光現出了張牙舞爪的骸影。

到了明天，這樓約莫就只剩一堆瓦礫了，日頭也了然於心。一陣長風從路的那頭吹起，像是日光朝著戲院的遺址吐了一口氣，灰飛塵揚，算是道別。

一輛摩托車噗噗噗夾著飛砂走石之勢朝這兒駛近。

騎在車上的是這片地的地主，電影院第三代的經營者陳桑。陳家曾祖當年行經七腳川來到東部落腳，憑靠菸樓生意照顧了三代溫飽。日本人還在的最後幾年，不知是為了掩飾太平洋戰爭的節節失利，還是遠離日本本島心存僥倖，竟然協助動工在陳家一座舊菸樓的土地上起了洋式建築，成了吉祥村裡最豪華的地景，吉祥戲院於焉落成，四十年如一日。

鄉鎮電影院沒落之迅速，遠超過陳桑原先的想像，為了保住戲院，靠牛肉場挨過了兩年，終究到了連脫衣舞孃也不再路經小鎮的這一天。

要開馬路囉，鎮長通知說：收購你部分土地，路開後再蓋一座市場，地主分到攤位出租賺錢，哪還有比這更好康的？

陳桑停好車，雙臂胸前一抱，像是賭氣似的，觀賞著就快成空地的祖產。阿爸，這裡還是我們的厝啦，不看電影了，以後回來有得吃有得買，你不就是愛熱鬧？……

「咦？」突然看見路邊蹲著的人影：「小羅？是你嗎？」

也難怪他一眼認不出，聽說這些年都在臺北走闖，年紀輕輕卻已滿臉滄桑，瘦得一把骨頭也掩不住滿身流氣。穿那麼花色繽紛的襯衫，老羅那牛脾氣看得下去？

陳老闆嘆了口氣：老羅怕早管不動了。就這麼個兒子，還記得回來就不錯了。小羅離家那年，他還沒從他阿爸手上接掌電影院呢。有十年了不？

那時小羅還穿著高中黃卡其制服，沒事就跟跑片的阿昌閒混，還有阿好嬸家的那個查某干仔蘭子——三個當年都還喊他一聲「陳哥哥」的孩子，一個傻了，一個從沒再回來過，只有小羅零星返來過三四回。但看他那光景，想是一年混得不如一年。

「小羅，你爸爸都還好？」

「嗯。」

「你帶他去看個醫生吧，他這兩年風濕嚴重。」

「好。」

「那個——」陳老闆想再多說兩句，卻被對方空洞的眼神驚了一下。

半晌之後，「戲院就這樣拆了？」小羅似笑非笑地瞥了他一眼：「啊？就這樣沒了？」

「噯。」換他不知如何作答，小羅那口氣讓他覺得彷彿背上一陣冷。彷彿他這些年去了臺北是誑話，他其實一直就站在現在這個地方，日日夜夜守著老戲院，沒人看得見。今日他突然就現形了，靈魅似的，像是知道那舊戲院裡頭發生過的所有事情。

陳老闆踢踢腳下的石子，不再搭理小羅，接著便跨上摩托車逕自揚長而去。

幹！他邊用力踩下油門邊啐了一口。

他那什麼口氣？是我欠他的嗎？自從那年借給人拍電影後，戲院生意就一落千丈，誰知道到底發生了啥事？到現在還沒人說得清。這帳真要算，還輪不到他吧？我才想從頭算起呢！真是觸楣頭！……

工人們開始準備收工，不一會兒殘樓裡外已寂寥無聲。天光雖未全暗，路燈卻已先亮起，街口麵攤小販擺出桌椅，打開了鍋蓋。

光影下熱鍋裡冒出的水氣騰騰，麵攤老闆只著一件汗衫背心，裸出胳臂上蒸出的汗光。小羅看他面生，不記得他是本鎮的人。大不了他幾歲的這個男子，混身散發著飽滿生氣，小羅的呼吸忽然變得急促起來，血液中翻騰起鼓譟的浪。結實勻壯的身體，是他活了大半生一直可望不可及的。現在的他早已揮霍完青春的本錢，如果他還能回到那個面龐清秀姣好、十七歲的自己……

就在戲院地下室倉庫的樓梯間裡，他少年的身軀第一次赤光展露在自小窗流入的路燈暈光之中。他仍記得瀰漫於悶熱的空間中濃濃的汗水味，自己的汗水，還有那陌生的，另一個成年男人的體味……他移動腳步，不自主往斷壁瓦石堆中走去。

原來的入口，磨石子的階梯如今孤立，大廳已無遮頂。左手邊上一段樓便是放映廳，四面無牆，座椅全拆，成了露天的羅馬劇場。

拆除工作仍在進行地面上部分，想必地下室裡還維持著原貌吧？入口在右手邊，當年他都是從老爹工作棚裡的甬道通入，還不曾正大光明由此步進地下室。小羅推開已無鎖的破門，氣窗那面牆只剩老大一個窟窿。

牆腳堆了一具被淘汰的放映機，一個鐵皮檔案櫃，幾個水泥空袋。路燈的光線探照刺目，與記憶中的隱約壓抑截然不同，一座地底陵墓，如今卻成了風格怪異的某種舞臺陳設。原本激動的他身置其中時，反而感受到血液開始緩速，一切歸於平靜。

那個穿著日本軍裝的男人，腳步聲從甬道傳來。

當時不明白的一場悲劇，就是這樣揭開的。

一九七三

從興高采烈等待電影明星的光臨，到演員與導演終於現身，竟不見熟悉的國片臉孔，小鎮中對此原先還有不同的意見，失望歸失望，認為這畢竟是難得生財機會的仍大有人在。

再等到吉祥戲院前附近街巷搖身一變，成了幾可亂真的日據時代，時空的扭轉與記憶的倒流，開始讓鎮上的作息出現了奇妙的變化。

阿嬤清早起床之後分不清身處何地，竟用日語喊喚著家人起床。唱片行老闆拿下了櫥窗中的包娜娜、謝雷的新唱片，擺出了美空雲雀的舊封套。

阿公走進派出所報案，指證歷歷說他早在三十年前就被送往南洋戰場，音訊全無的小弟前一晚上出現在他家門口，因為當了逃兵所以不敢久留。阿公希望警察能派人搜尋，他堅信小弟躲藏於鎮上某處。

臨時演員一到休息空檔，穿著戲服便四處趴趴走，和服木屐溜到市場口買枝仔冰打香腸，或部落衣飾穿戴一身，與著日本軍裝的男主角倉田一之助，出現在彈子房打起撞球。奇怪的東亞共榮，軍民一家，誤闖小鎮的外鄉客看到眼前的景象，總被驚得要喊一聲老母。

女主角山口富美子拍了兩天的戲便又飛回日本趕軋別的電影，據說只拍了她的中鏡與特寫，劇組不得不另尋替身當她的背影與遠景。吉祥戲院外因此排了老長一條隊伍，少女們都披著花色俗豔的床單，用布條綁成克難的和服式樣，腳穿夾腳拖鞋，在等待試鏡甄選的過程，各自默唸著臨時惡補的簡單日語。

正值暑假期間，因此唯一的國民小學校也被借用了，做為第二大主要場景拍攝現場。

隨同日本公司派來的製片經理在校園四處巡視了一圈後，松尾導演最後在一間空教室前停步，若有所思地望著黑板。身材拔挺修長，一襲白衫白褲的松尾摘下了太陽眼鏡，轉頭吩咐了一聲：「抄上一些課文吧！」

「好的，松尾先生。不過，要抄什麼樣的課文呢？」

「〈君之代少年〉。」松尾導演不假思索地回答。

それからしばらくして、少年はいひました。「おとうさん、ぼく、君が代を歌ひます。」少年は、ちょっと目をつぶって、何か考へてゐるやうでしたが、やがて息を深く吸って、かに歌ひだしました。「きみがよは，ちよに，やちよに」

德坤が心をこめて歌ふは、同じ病室にゐる人たちの心に、しみこむやうに聞えました。「さざれ，いしの」小さいながら、はっきりと歌はつづいて行きます。あちこちに、すすり泣きのが起りました。

沒有人知道，在松尾導演心中，那個在昭和十年臺灣大地震中被送往醫院急救的本島少年，在死前唱起國歌〈君之代〉的故事，每想到他都仍會鼻酸。即使日後他也聽人說過，君之代少年的故事有可能是日本當局的造假，透過媒體的渲染，又列入小學課文，無非只是對殖民地人民的一種攏絡手段，但是松尾仍寧願相信那少年的故事為真。

或許，只因為那少年與自己同年。也可能是少年死前頻頻問起，他的日籍老師來看他了嗎？好想再見老師一面……那個場景總讓松尾震撼。在第一次聽說的當年，這情節說不出為何，觸動著他心中某一塊幻祕的絕望之感。

一切都是因為那絕望的等待啊——四十七歲的松尾看著黑板上用白粉筆端正抄下的課文，久久不能回過神來。

「導演，今天我們會挑選出富美子小姐的替身。明天就進行學生角色的甄選。」製片經理向松尾報告。「要不要先告訴我們您希望的條件？我們先做篩選，導演下午來做最後面試就好？」

「也好。」松尾點點頭。「要挑具有臺灣味的。」

「臺灣味的？」經理睜大了眼。「他們不都是臺灣孩子？」

「不一樣，不一樣的。」松尾心中浮起了他心中那個垂死的君之代少年模樣：「不要皮膚太粗黑的，眼睛要很有表情的，介於少年與青年間，有點早熟的……」

越說下去，那少年的形樣越變得模糊。松尾突然意識到，那個等待著老師出現的少年，他其實一直都認識的，那是他自己十五歲時的模樣呵——

「挑會說臺灣話的本省家庭孩子吧！這地方有客家、山地、還有中國移民來的住民，他們都不是那種臺灣味的——」

「導演對這地方還真瞭解呢！知道有分這麼多種啊？好吧，那我們從說臺灣話的孩子中挑吧！」

「戲雖然不多，但是跟倉田有一場重要對手戲，請倉田明天也一起過來吧！」

「好的。」

松尾並不曾向任何人提起，他的出生地距離此地不過十來公里。沒有人知道，當電影公司決定加拍一段發生在臺灣的回憶戲時，松尾為何選擇了這樣的場景與情節。

也許松尾自己也不明白。他其實一直痛恨著自己生長的聚落。

雖身為日本國民，但除了部分公家政府單位人員外，日本人多是在故鄉潦倒而來此屯墾，而他的母親又是在為人所看不起的蕃校擔任教員，惡劣的孩子對年幼的松尾總會極盡欺凌：「喂！我看你身上也有蕃仔的血統吧？」

他終於被迫十五歲逃家的原因，還是由於酗酒父親對他的打罵：臺灣孩子這個年紀都去日本做童工了，你為什麼還在家裡吃閒飯？

離家北上的松尾找到的第一份工作，是在一家日本料理店當起學徒。位在建成町的這間「千島屋」，與日本人口中的支那城——大稻埕——所在不遠，地緣之便，加上料理店其他兩名學徒是臺灣本島人，松尾有機會開始跟著他們在大稻埕裡走動起來，那幾條街里中的臺灣人生活平靜富庶，讓松尾開了眼界。

沒有聚落裡喝得醉醺醺動不動就拔刀相向的男人，也沒有茶室裡從日本來卻穿著中國衫賣淫的女人，這裡沒有紀律道德敗壞還作威作福的官員，只有安居本分維持著家族傳統的支那人。當年大稻埕「蓬萊閣」飯店的風光，更不是來自東岸小鎮的松尾見識過的。一臺臺的黑頭轎車門前川流不息，那些從車裡走出的客人個個西裝革履。

同松尾一起打工的臺灣孩子，也是出生貧苦人家，但看見那些同是臺灣人的上流階級時，總會不屑地朝地上吐口口水：「呸！漢奸！」

松尾不懂，松尾也不想懂。他的想法裡，日本人的他如果有機會跟這樣的有錢人接近，應該不會被唾罵「漢奸」的。

在晚上店裡打烊後總喜歡跑去幾條街之外的淡水碼頭，看那些雄偉的貨輪出入港口，幻想自己有朝一日也可以成為像大稻埕裡看見的有錢人。灣生的他已清楚，想要接觸到日本上流階層是遙不可及的，恐怕受到的歧視羞辱要更甚。在支那城中，即使貧窮也還是上等日本公民，不必隨時哈腰屈膝，反倒對那些屋裡張貼著「天孫降臨」神像、企想成為皇民的店家，他大剌剌睨目斜視。

為什麼大家會說〈君之代少年〉是日本政策下的謊言，他一直不懂。如果是捏造，因為本島人需要藉此被安撫而讓皇民化更順利推動，那麼垂死的少年在等待的日本老師，最後在故事中應該要出現吧？讀著相同課文的日本灣生孩子如他，被這個故事感動又從何解釋？

他們都錯了。身為窮而賤的灣生孩子，才正是需要「君之代少年」故事帶來的慰藉。在自己的種族裡已經翻不了身，來自異族的一雙溫暖的手，才能真正改變他們的命運啊！本島少年期待見到日本老師的最後一面，這種等待他曾有過銘心體會。

日本老師不會出現。身為灣生的他，從第一次讀到這個課文便明白了，自己的宿命。

如何讓君之代少年活下去，卻成為他一直想要挑戰的宿命。

二〇〇七

此刻坐在臺北這間高級中餐廳，方與在座一一交換過了名片的健二，心情卻仍因剛才路上的榮町街景幻象而起伏著。

身為主人的系主任向在座介紹了健二來臺的研究計劃，年長的臺文系教授A君立刻以流利的日語，向健二提出於他的課堂上做專題演講的邀請。在C大電影系任教的B君，看來與健二年紀相仿。曾經留美的他於是以英語開始向健二詢問起，目前在美國學界有無以臺灣電影為主題的研討會。健二一面繼續以英語回答看似有些焦慮的B

君所關切的研討會投稿問題，一面轉頭以日語回應A君日語的寒暄：

「睡得很好，謝謝……父母老家在四國……啊哪裡哪裡，在家還是說日語的……」

「這樣很好，要常常練習才不會忘。我跟我多桑在家也是說日語的。」A君滿意地點點頭。

健二起先沒注意另外那位川崎小姐興味地看著他的表情，直到她以帶著北京腔的普通話突然開口：「你大概沒料想到自己會這麼受歡迎吧？」

健二微楞了兩秒。

「我的普通話是在北京學的，你呢？」川崎涼子進而又問。

「哈，看電影學的吧！」健二感受到對方的精明與咄咄逼人，看來像是在試探什麼，健二一時間無法確知，草草以玩笑語氣略而不答。

這個日本女人，竟然大部分時間都在說著捲舌音明顯的普通話，間中插入一兩句健二聽不懂的閩南語，這讓其他的本地客人不時爆出笑聲。日本人的她似乎巧妙地找到她在這裡扮演「臺灣通」的位子，雖與本地人打成一片，但卻又不是完全地被同化或融入，若有意又像不經意地總提醒著她是外國人的身分。

約莫已是三十五六的年紀，雖剪著俐落的短髮，但眼角已浮現淡淡的魚尾紋。穿著緊身的紫色毛衣，一條貼合到幾乎綻線的牛仔褲，這個叫川崎涼子的女人有一種粗野的誇張，像是刻意的身段，讓人無法一眼看清她的來歷。她有意無意總在談笑間用手碰觸著身旁的男性，不知情的人很可能會誤以為她是酒店媽媽桑，那種男人堆裡打滾的女人。

更教健二好奇的是，是這樣的姿態，反而讓她成為所謂「臺灣通」的嗎？

陪坐一旁的B君，則是在川崎開口時總面露一絲疲倦的陪笑。健二也注意到了，川崎顯然對B君沒有太大的興趣，她的身段看來是針對特定的對象。

趁眾人在討論著臺灣的上海菜與中國上海中餐廳的菜色時，健二悄悄離座去了洗手間，他原以為這只是一頓普通的應酬飯，中國人所謂的「接風」，但看來並非單純如此。

對著洗手檯上的大圓鏡，健二深深吸了一口氣。他說不出來當地這些學者對他表現出的善意熱情，為何讓他覺得有些透不過氣。

為了發表論文，他也跑過不同國家的許多研討會，但是他心裡清楚，亞洲電影這個題目在歐美是政治正確的必要點綴，他並不屬於那個以歐美電影為主的研究圈子。他是否也像那個川崎，在茶會上為了不成為旁觀者而做出了某些言行引起注意呢？

如果有，健二不得不對鏡誠實招認：他極力表現出的自己，是那個母語是英語、全然西化的松尾。

然而在今天這樣的場合，除了留美的B君，日語反而成了共同的語言，這造成健二不小的壓力，因為他赫然發現他幾乎很少在工作場合使用過日語。對他而言，那是家庭聚會才使用的語言，一種帶著私人情緒的密碼。

然而席間一句接一句的日語，如同四面八方貼近的肢體擁抱，這種臺灣人的好客讓健二有點不知如何是好。

他像是立即被安排了一個新的身分，那究竟是什麼呢？那個叫川崎的女人初到臺灣時，是不是同樣地一步步走進了被預寫好的這個身分？或者她才是這種樣板身分的始作俑者，現在其他人正在預期他接下來也該進行類似的表演？

回到座位的健二，更加躊躇自己究竟該用日語，還是該回到自己最熟練的英語？要不混雜著並不算強項的中文，繼續交談？

B君又再度關切起國外的研究趨勢，主任這時用日語突然插話進來：「松尾教授所謂的臺灣電影與日本電影的互動交流，會著重在臺語影片嗎？」

健二不假思索便應道：「我的重點可能著重在日本導演來臺拍片造成的技術移轉，還有日本電影語言對臺灣導演的風格影響。」

「但是日本導演來臺灣多數拍的是臺語片啊！」對他的回應，A君隨即以流轉的日語發出質疑。

島上的政治問題他並非完全懵然，幾個月後這裡就要進行總統大選，昨晚他從電視上看到了政治辯論所帶來的狂熱。也許他在這個時候來到臺灣是不智的，勢必造成一些人的誤解，以為他是專程為此而來的吧？

原來如此。健二猜想他們一定把他當成了那種以文化研究為名、在四處進行政治活動的「美國學者」，這種人他的確見過不少。如果就告訴他們，他真正的目的是來尋找他祖父的生死下落，會不會引起一陣瞋目訕笑呢？

得小心不要陷入這樣的敏感辯論，他提醒自己。因為相較之下，健二更不想在這樣的情境下迫於無奈公開私人的家務事。

技術與風格的移轉不限定臺語影片吧？他打破沉默，借助中英語夾雜，企圖以專業的語彙造成一些緩衝。的確，臺語片是當年臺日合作的主流，可是臺灣早期電影如《蚵女》第一次以彩色攝影在亞洲影展獲獎，李翰祥從香港來臺灣後拍攝的《西施》，都是日本攝影技術的成功轉移。胡金銓的武俠片看得出某部分日本宮廷古裝片的服裝美術風格，甚至於侯孝賢的鄉土片，許多影評都認為有受到小津的影響……

但是他的學院式發言並未得到原以為會有的迴響。

「我想，松尾桑並不瞭解臺語片的意涵吧！」

竟然是川崎，突兀地轉加入日語陣營，對他做了某種宣判。如果說眾人對健二剛才的話語流露微微的失望，她卻顯示一種抓到語病的勝利表情：

「你剛剛說了一堆導演的名字，他們都是外省人。我想你應該知道，在臺灣本省人與外省人的不同吧？不然，你這個研究要如何進行，我非常懷疑。」

健二果然被這樣的解讀給嚇了一跳。吃驚的原因，除了川崎攻擊了他的學術專業，更彷彿是被她看穿了，他來到臺灣卻不足為外人道的真正目的。

健二那種被刺探的不自在無疑更加深了。並不避諱自己在北京學的中文，川崎又是以什麼立場談論此地的本省與外省呢？她是有意在挑釁嗎？

在臺日本新聞特派員的身分，一定讓她養成了窺伺的習慣。健二在心裡把川崎這個人重新如此定位：雖披有新聞人員的外衣，充其量不過是一家小型媒體的自由撰稿人，卻幻覺著自己是CNN還是BBC，刻意標榜著自己的自由派立場，喜歡提出自認尖銳的問題以表示客觀。

「本省人外省人，我當然知道是什麼意思。」

當下原本想立即以日語反駁：我的祖父是灣生日本人，對日本人來說，那算是本省還是外省呢？最後健二仍然壓抑住了反感，反更平靜地用他正式而有些不自然的中文回到臺語片的話題：

「據我所知，當年邀請日本導演來拍臺語影片的最大公司，叫做『長河』，他們的老闆，就是川崎小姐所說的那種，出生於中國的外省人。」

不諳日語而在一旁默坐的B君，這時才瞭解了狀況，竟衝口而出：「這關松尾先生什麼事呢？」

「松尾教授是從不同觀點切入，他當然有自己的研究考量。若只研究臺語片，在美國學界恐怕吃不開吧？哈哈哈！」

主人看見氣氛不對，只得打個圓場。健二不免也有些懊惱如此輕易被激怒。顯然川崎對他是帶著某種敵意的。

他現在似乎有些明白了，那個川崎或許是害怕自己將會威脅到她臺灣通的地位。美籍加日裔的健二，又是研究臺灣電影，想必令她這個自由撰稿人心生不安。以為用了日本記者的身分迷惑了島上的人，其實更像是被這個島所迷惑吧？……

健二抬起眼，不料正與對方四目相對。

我只不過是路過，川崎小姐。恐怕妳真的是多心了。

隨即在下一秒鐘，健二突然意識到，或許仍活在這個島上的祖父，是否也因為走不出這樣的迷惑而消失在這座島上？川崎涼子。松尾森。還有誰？還有誰在重複著同樣的路？

第五章

一九七三

鎮上所有本省籍、年紀相仿的十四、五歲男生，這一日全被召集在國小大禮堂。

阿昌與小羅除背景不符外，亦早過了片中需要的學童年齡，並不在副導黑狗通知來參加甄選之列。他倆與蘭子學著鎮上其他好奇的民眾，爬上了禮堂二樓看熱鬧。只見日本導演威嚴地在排成升旗隊伍的男生間步巡，儼然閱兵一般，原本嘈鬧推撞精力充沛的青春期男生霎時全安靜了下來。

那景象彷彿是，選上的人要送往戰場而非上鏡頭，一個個竟然被那嚴肅氣氛懾到垂下了頭。

日本導演一揮手，朝黑狗副導嘟噥了一串日文，看那表情就是，這裡頭沒有讓他滿意的人選。接著回頭看見男主角倉田一之助不知在觀望什麼，日本導演順著倉田的視線抬起下巴望去，原來倉田正在盯著樓上的一個清秀的少女。因為被阿昌模仿黑狗副導的戽斗逗笑，蘭子咯咯的笑聲引來注意。然而導演目光突然集中在阿昌身邊的另外一個同伴。

黑狗副導一急便用臺語喊了起來：緊落來啦，就是你啦！

工作人員見識到了從開鏡以來，松尾導演從沒有過的好脾氣。他把小羅叫到跟前，半天沒說一句話，只管從頭到腳把孩子好好打量了一番，眼中閃動著如獲至寶的激動。

「導演問你叫什麼名字。」

「羅國華。」

「你幾歲？」

「十七。」

知道製片接下來要說什麼，松尾導演抬起手要對方稍安勿躁。待導演再開口時，現場工作人員都不禁瞪大了眼睛。

製片翻譯了松尾的話語：「叫你跪落啦！」

禮堂裡當場一陣面面相覷。小羅遲疑了，瞄向黑狗副導。他隱隱感覺到從二樓傳來的阿昌與蘭子不安的目光。

「叫你跪下來沒聽到喔？」

少年終於雙膝著地。倉田一之助接著懶洋洋從位子上站起：「導演，現在嗎？」

嗯。日本導演點頭，收起了剛才的友善，五官線條剎那間厲峭如峻壁。小羅的心更宛如一顆被來回拍擊在空中彈飛的球。

倉田走到跪姿少年的面前站定，伸了伸腰，再朝松尾瞥了一眼：「不需要跟孩子說些什麼嗎？」

松尾輕輕搖了搖頭。

迅雷不及掩耳，倉田甩了小羅一巴掌。

怎麼可以這樣？過分哪！二樓看熱鬧的民眾立刻譁然。氣氛突然轉為躁亂的禮堂裡，只有緊皺著眉頭的松尾，跪在地上的小羅，與握起了拳頭的倉田不為所動，三人靜止的畫面彷彿散發出詭異的磁波，現場騷動隨即又沉澱下來。

「導演在試戲，不要緊張！」製片忙向旁觀的其他孩子們解釋。

不愧是職業演員，倉田劈里啪啦一串臺詞說得抑揚頓挫，邊說邊撲向小羅，把他緊緊抱在懷中。黑狗一旁臨時充當起默片解說員：

「日本軍官要保護這個臺灣孩子，因為他打了日本知事的小孩，事情大條了，臺灣孩子要被送去日本做童工……」

眾目睽睽下，被高大的倉田緊摟住的小羅，滿腹委屈的哀傷神色，竟如此自然地籠罩了每個人的心頭，他們都看見了他止不住微顫的身體，瞬間成行的眼淚。一大一小生離死別前的擁抱，生動感人得令全場訝然噤語。

足足有五秒鐘之久，全場屏息以待，直到凝結的空氣中，終於響起了一個人的掌聲。

松尾導演的嘉許隨即引來熱烈的鼓掌跟進，興奮情緒隨之浪湧。哇小羅很厲害捏！好看好看！歹竹出好筍啊，老羅以後有靠囉！小羅要去做電影，改日就成大明星也說不定喔……沒有人知道他怎麼會有那麼好的臨場反應，在不知情的狀況下竟然做出了完全符合劇情要求的隱忍與含悲。

阿昌在回家的路上不斷追問：他打你的時候你在想什麼啊？換作我早就跳起來給他一拳！

蘭子摸摸那一塊微微的紅腫：他打真的耶！

小羅沒有回應。他不想解釋，他也無從解釋起，為何在松尾觀詳他的目光接觸中，他已經感應到對方的要求。

更不能解釋的是，在倉田抱住自己的那一刻，為什麼一陣悲傷混雜著恐懼會湧上心間，自然就汩下了眼淚。

雖然當天的試鏡令在場觀眾印象深刻，但堵不了沒在場的好事者議論紛紛之口：這麼好的機會，怎麼讓老羅那個老芋仔的兒子撿了去？不是本來要找正港本省籍？

看著小羅從小長大的，又是自己員工的眷屬，小羅的中選令戲院陳老闆覺得與有榮焉，套句他的話來說，這是吉祥戲院之光啦！有人背地裡講小話他聽不下去，逢人便要提出他的一套駁斥說法：老羅伊某不是本省嗎？小羅有一半也算啦！

只是老羅這個死腦筋，竟然對兒子的演戲天分不但不驕傲，反而千不准萬不准，聽兒子背記著用注音符號標注出的日文臺詞，更是一肚子火。陳老闆熱心公益，繼續要發揚吉祥之光，不斷對老頑固進行勸說：小孩子放暑假好玩嘛！將來電影上映，我把你兒子照片放大掛在戲院大廳，讓你有面子！

他奶奶的你們要做亡國奴別扯上我們家！老羅卻總是一句話把他頂回去。

做父親的拿棍子追著兒子打到吉祥戲院門口那回還真是熱鬧，引來圍觀的人群外，日本工作人員聽說消息也趕到現場，黑狗在中間一頭國語、一頭日語翻譯得快精神錯亂。正當鬧烘烘沒個了結，老羅硬拖兒子回家拉拉扯扯，蘭子不知何時從圍觀的人群中擠身站了出來。

「老羅！」

眾人聞聲回頭，大家記憶中的那個瘦黑小女孩，在這一刻竟已被一個陌生的少女所取代。那個全新的形影有著發育良好的乳房與一頭烏黑的長髮，散發出的成熟嗆辣讓眾人頓時有些傻眼。只見她扶起跌坐在地的小羅，摟住了他的肩，母雞護小雞似的，一面朝老羅揚聲譴責：

「你還用打的？你知不知你兒子今年幾歲了？我養母都不敢打我了，她說萬一打破相，以後就沒好價錢了。你懂不懂？你懂不懂？！」

老羅呆住了，在場的人也都被這突來的舉動嚇了一跳。阿好的查某干仔腦筋壞去了嗎？這種事也拿出來講！儘管大家心裡皆知，做養女的恐怕沒幾個逃得過這樣的命運。

蘭子再開口時，那語氣中除了剛才的忿忿不平，竟多了不似她年紀所應有的怨毒：「他可以恨你的事還不夠多嗎？還要多添這一條？」

這個亭亭標致又帶了不遜的少女是蘭子？她身旁眉目英朗的青年是小羅？昨日這兩人在大家印象中還是四處流連嬉耍的兒童，此刻那印象忽成歷史。

什麼時候發生的？時代就這樣翻過去了？不知有多久，鎮上的人早已無心注意周遭變化，在沉悶的日子裡，不相信生活可以有所改變，或許已經在改變？

日本導演順勢又再加碼，把給小羅的片酬從一千加到了三千，那是鎮長一個月薪資才六百的年代，全場掀起一陣驚呼……

這晚的插曲像是一劑催情蠱惑了小鎮的神經。此後鎮上的人因為電影在此開拍而有的興奮情緒便悄悄變了質。

沒人好好地開店上工過日子，每日每夜只要有戲在拍，全都湊到了現場圍觀。女人衣裳的花色越發地鮮豔了，男人回到家第一件想做的事總是溫存。都像中了咒，開始試著從來沒做過的自己。走出家門，便走進了另一個時空，一個用錢、機會、開麥拉、東洋風堆積而成的世界。精神底層想要脫離現實的慾望得到了滿足，人人都開始夢想著自己尚未被發覺的表演天分，偷空便對鏡擠眉弄眼。

戲裡或是戲外，初嘗了真假虛實的趣味，原來過日子也可以像演戲。那之前被分派的角色，又是根據誰的腳本？

生活與電影的界線，隨著外景隊駐留的時間越長而越發顯得曖昧不明。每個人都熱中起扮演的遊戲。

臨時演員們下了戲仍不捨脫掉和服，回到家中繼續模仿日本演員戲中的舉止。著日軍制服的配角揚長過街，歐巴桑不需戲劇指導便自動彎腰問候。學童們也都背熟了〈君之代少年〉的課文，騎馬打仗追逐廝殺過程裡不時唱出日本國歌助興鼓舞士氣。

做丈夫的開始注意到他們的妻子在做家事時變得心不在焉，三姑六婆們較以前更常偷閒聚頭，不時竊竊私語，然後一陣哄笑。看在做丈夫的眼中，這是他們家阿娥美玉鳳嬌罔舍阿珠十八歲時才會有的舉動，已經多少年沒再看過，這群黃臉婆竟然個個臉上泛出紅光。

眾老婆們面帶往日桃花，聊不完的話題，原來都是圍著倉田一之助打轉。

鄉下女人終其一生只見過種田挑土送貨的男人，吃飽睡覺，酒醉打炮，好不欷歔又莫可奈何的一生哪！沒見過活生生一百八十五公分俊挺的電影明星近在眼前，舉手投足都像是另一種物種，雄性勃勃讓人目不暇給。笑得那麼燦爛，那麼飽滿的男性魅力，又帶著某種孩子氣的臉孔，熱天裡流氓氣地戲服一剝，裸出汗肌上身的陽剛——

呀呀呀，阿娥妳站好，別昏倒。

就不知道他底下那裡是不是也……

要死了！死阿珠！妳是太久沒讓妳家那個上了嗎？

女人的熱病散發出了春情的氣味，外景隊十幾個大男人被困在鎮上第二十天開始，一個個都不安分起來。

於是有人注意到阿好嬸冰果室的營業時間一天晚過一天，夜裡十點還亮著燈。那店內走到底的布簾原本用來隔開了生意與居家，卻開始有外鄉男人偷偷摸摸掀簾，進進出出……

當地派出所不知是拿人手短在佯裝不知，還是被縣政府的一紙公文嚇破了膽，阿好冰果室暗中的勾當只能被先擱置一邊。

據報，這間日本製片公司裡重要幹部都是左派人士。這個消息非同小可，左派就是共產黨，共產黨就是匪諜。藉著拍電影名義，可能已經有匪諜潛入了臺灣，這樣的罪名豈是區區吉祥小鎮的鎮長能擔待得起？

儘管黑狗副導一再解釋，這是同業間競爭所放出的黑函，就怕他們這部偷天換日過關的電影，上片後勢必把其他國片打得落花流水，才會使出這種奧步。但是縣長有令，鎮上僅有的警力三人全部無休，夙夜匪懈，主義是從，務必夜裡加強巡邏，密切注意有無匪諜暗中從事活動。

倘照黑狗的說法，如果真有匪諜，那個阿好冰果室也算得上警民一家，協助保密防諜哩！聽說那裡的小姐還真行，包準你腳軟一整天，哪還有啥力氣搞破壞？

如同一場突發的疫情，在夏日悄悄地蔓延，隨時將會被啟動的狂亂高燒，正藏匿在生活中的每一個細節角落。

只有蘭子除外。她依然默默地守著她的宿命，挑水洗衣做飯，拍戲的現場從不見她的蹤影。

似乎沒有人注意到蘭子的憂傷。阿好嬸對這個養女是好是壞，街坊鄰居都看在眼裡。冰果室暗藏春色，做為養女的下一步命運幾乎呼之欲出，阿昌不免為此心神不定。

蘭子，我決定了。他們臺北片廠缺人手，等這裡的戲拍完我就跟他們一起離開這個地方。

蘭子妳要不要一起走？

蘭子，不要光嘆氣。妳可以跟我走，否則我會擔心。

是因為小羅嗎？妳以為小羅還是原來的小羅嗎？

有些奇怪的事發生了，妳難道都沒有感覺嗎？

一九八四

雖沒有背包裡等待運送的一卷卷影片，卻是同樣的匆忙慌亂。要通知的訊息在腦裡毫無底稿，他便跨上了摩托車衝出老羅家門口巷前的圍觀的人群。只是要衝出去，離開現場。到底現在該幹什麼呢？

阿昌腦中一片空白。他騎過十年如一日的棉被行、香燭店、機車修理鋪、廟口、平交道，以為能追趕上什麼，讓即將發生的即刻暫停。

快點快點！他猛力吸了吸鼻子，不讓眼淚就這樣落下。天就要黑了，他們要接走小羅了！

有看見蘭子嗎？

冰果室阿好嬸的養女蘭子，你們知道她在哪兒嗎？

請問蘭子什麼時候離開車站的？是往哪個方向去了呢？

雙手握緊摩托車的把手，沿途不斷停下詢問。十年都不曾返視的故鄉小鎮，十年後再度穿梭其中，總覺得團團迷路圍著他打轉。

他著實是晚了一步。

小羅來找他那天只覺得不尋常，左想右想終於決定買張火車票跟下去。那一路上的心神不寧果然應驗了。他被命運的力道震擊而無法思考。突然蘭子在心頭如電光閃過。

該找到蘭子。這念頭讓混亂的思緒好不容易聚了焦。踩下油門，滿街東張西望，卻沒意識到就算蘭子站在他面前，這麼多年後他也許已認不出來了。

十年了。家裡姊姊信上說，蘭子生了個女兒。阿好嬸早把她趕出了門，多虧老羅好心收留在他那兒住下。（阿好嬸就這樣吞了那筆遮羞費？沒人評評理嗎？）問起小羅，他不願多談細節，只說他老爸把蘭子的女兒當作自己添孫。（小羅你自己呢？你真想一個人這樣過下去？）姊姊又來信說，蘭子要嫁人了，郵局的吳伯老婆死了幾年了，不在乎蘭子帶著那個見不得人的孽種嫁給他續絃。就在他們異地打拚得焦頭爛額、老家那樁醜事就快淡忘之際，小羅哭著跑來他新婚的小窩說，蘭子的女兒出了意外，在火車站，一列對號快嘩地駛過當下竟沒人發現鐵軌旁那雙粉紅色塑膠小拖鞋……

阿昌光看著小羅哭，沒有任何表示。他在異鄉已磨練出一套凡事面不改色的無感。他也是棄蘭子於不顧的人，沒有見過世面的小鎮少年，聽說蘭子被人強暴的那夜，世界一瞬崩塌，一個破碎無法還原的夢想，他的初戀——

姊姊說，女兒死後蘭子精神好像變得不太正常，不開口說話也不認人，每天一個人晃到火車站，月臺上一坐就一下午，吳伯也拿她沒辦法……這樣的蘭子，他還認得出嗎？他還有這個勇氣相認嗎？

唱片行老闆跟阿昌擠擠眼，用手朝街底指去。阿昌舉手抹了把臉，看清了那個蹲在陰影裡的人。

蘭子，我是阿昌。認得我嗎？跑片的阿昌……

蘭子，跟我來，我帶妳去見小羅。妳聽得懂我的話嗎？

妳聽好，小羅他死了。他回來了，前天回來的。今天下午，羅伯伯散步回來發現，小羅他……

蘭子自始至終面帶笑意，很專注地盯著阿昌，那表情完全不見癡滯，反倒是很慈悲地仰著臉，嘴角抿出一條微微上揚的弧線。

說不下去了，一半由於自殺二字難以啟齒，但更因為蘭子的那張笑臉讓他僵在當下。

原本以為會是憔悴殘敗讓人不敢相認的蘭子，竟絲毫沒變，相比他與小羅這十年打滾討生活而變得少年早枯的臉色，蘭子的面容意外地乾淨安詳、如瓷如玉甚至讓阿昌不免覺得詭異。

彷彿蘭子讓時間在她生命中凝頓了。不管是先前的不幸還是小羅的死訊，都再不能影響她了。那微笑彷彿在告訴他，這一切她早已經知曉，她正在等待他的到來。

蘭子默默站起身，又如遊魂似的上路了。這一回，她朝著戲院的方向走去。阿昌把摩托車暫時路邊扔下，慌忙追上蘭子，然後幾乎是下意識地伸臂過去，把她的手握進了自己的掌心。

他牽著她並肩緩步同行，指引著她轉彎，輕輕掣住對方手腕以免過往的車輛擦身。但當他領著蘭子，終於轉入通往羅家的黝寂長巷時，他猛然被兩人如同悠閒漫步的這種私密親暱氣氛給刺傷了。十七歲的時候，多少次曾有把她的手握住的衝動，但從來都止於幻想，他一直以為她喜歡的是小羅——

曾經，陷在自己愁與恨的茫惑中盲目匍匐，等到再回神時，青春早已是遠遠被拋在身後的另一條岔路。

他永遠記得那個夏天，他忍受著自慚，羞恥地穿了一身考據錯誤的服裝，演出一個路上的蕃仔。

小羅被眾人捧成了電影明星，而他不過是一個無足輕重的臨時演員。年輕的自己如此輕易便被這樣的對比打敗，被絕望的初戀濃濃籠罩……當時只道是他們排擠嫌棄自己，刻意與他疏遠，殊不知原來蘭子與小羅彼此也已成了陌路……

蘭子的手如今確實在他的掌心中了，沒有想像中的綿軟，宛如一尾魚兒，感覺不到溫度，只有涼涼的形體。

那不是他少年時夢想的，沒有他以為的臉紅心跳，應該在眼前噴升的燦爛煙火也無蹤影。

想到這裡，阿昌忍不住流了幾滴眼淚。

蘭子，我們到了。

不怕，他們只是來接小羅的。

屋裡進進出出的，不是穿了白色制服便是頭戴警帽，蘭子一看到他們就把手從阿昌掌中抽出，往後倒退兩步。在他離開家鄉的這段日子，她經常見到他們要來把她帶走嗎？阿昌見狀不得不起了這樣的懷疑，心頭一抽。

小羅已經被蓋上了白被單，一名工作人員拿著筆與表格走到老羅面前。做父親的面無表情，坐在綻破出髒黃海綿的破沙發上，盯著白被單下一動不動的兒子。

羅伯伯，你簽個名，他們好帶他走了。

阿昌接過表格，請工作人員暫時門外等候。一名警察攔住他，問他和死者是什麼關係？他為什麼會出現在這裡？

阿昌向警察簡單交代的同時，警覺地省略過小羅在臺北突然來找他這一筆，只提到他們約好回鄉探親，沒想到腳步前後之差便成了遺憾。否則他如何跟警察解釋，小羅臨走前丟下的話？

我遇見了松尾，他回臺灣來了。我不會就這樣甘休的。

載著小羅的擔架此時被抬出了客廳，穿過了黑闃闃的前院，上了門口的車。就在員警轉過身後，阿昌握起拳頭朝斑駁的洋灰牆上猛力一捶。歉疚這個字語的重量在那一刻讓他害怕了起來。一想到往後的人生，只要每記起此刻的畫面就會感到一陣勒喉的窒息，他簡直要發狂。

原先塞滿陌生人的矮屋客廳空了，阿昌的視線卻在這時如特寫鏡頭緊緊鎖定了屋裡唯一的兩個人。

滿頭花白的男子微張著口，魂魄猶如氣球洩氣般絲絲游離了身體，伴隨的是嗚嗚咽咽，一聲一聲悠長的、禽鳥悲鳴似的哀喘。女子倚近了他身旁，靠著他腿邊席地坐下，並伸手執起男子顫抖不止的粗大手掌，放在了她自己的頭頂上，等待主人撫摸的小動物似的，目不轉睛仰視著男子的臉，面龐上依然是那日久天長般的淺淺微笑。

阿昌不敢驚動這個畫面，隔著暗闃的小院遙望，突然明白了些什麼，在小鎮一度風風雨雨的十年後。

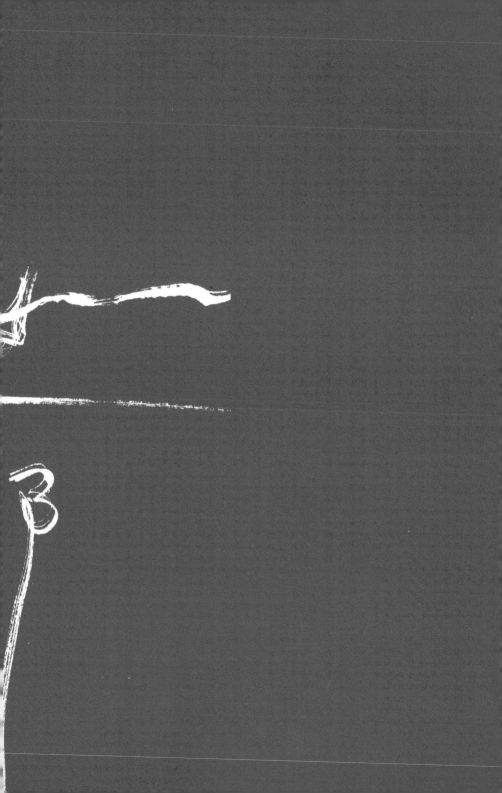

II——多情多恨

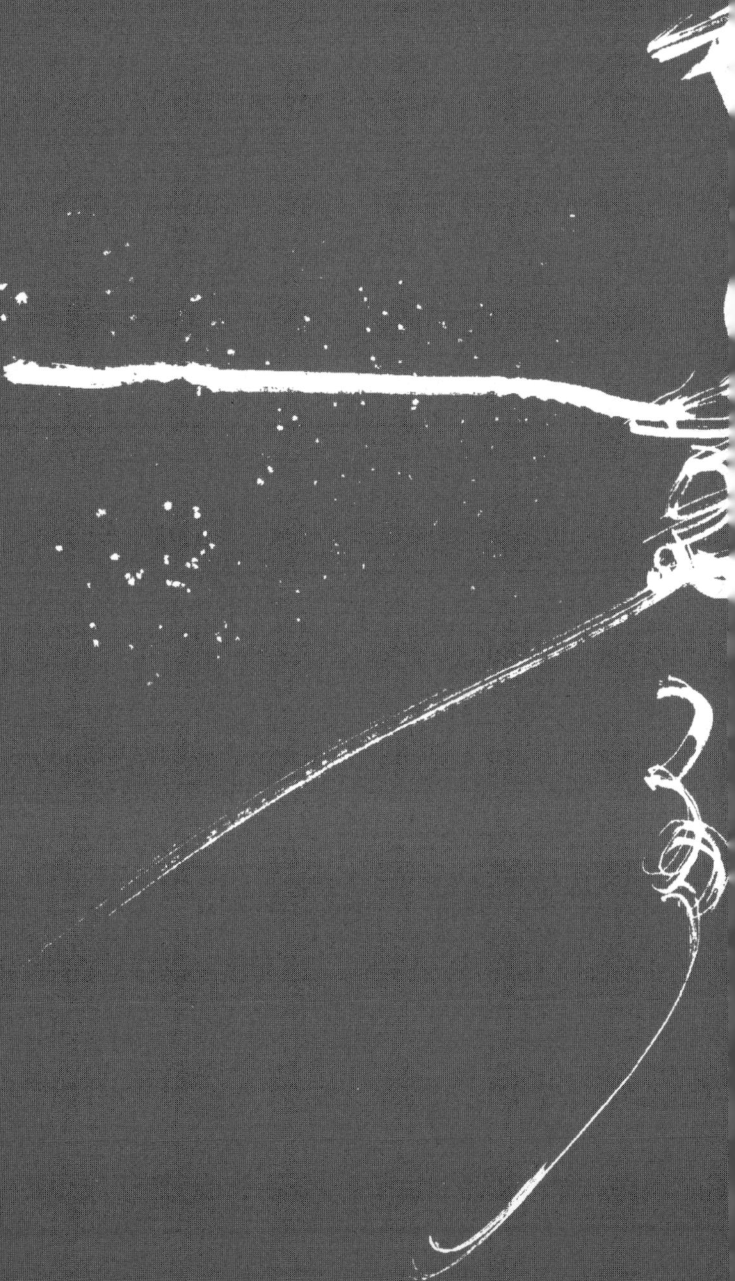

第六章

那年夏天，鎮上碾米店阿公看見已三十年不見的么弟出現在家門口，一身日本軍裝，不敢進門。當時巷暗，等扭亮了門廊上的燈，門口早已無見人影。

大家初聽說時都只當是老人家眼睛昏花。對此，碾米店阿公非常生氣，也因此開始了日夜記掛，憂心忡忡的日子，不知道兄弟是不是來接他去西天。鬱結時間一久，老人熬不過這樣的不解之惑纏身，隔年就倒下辭世了。

被日本人徵兵送去南洋打仗、生死未卜的親人，怎會突然就回到吉祥鎮上來？而且據阿公描述還穿著一身日本軍裝，不是活見鬼是什麼？

起初鎮上的人都這麼認為，沒特別放心上，結果接著又陸續有人言之鑿鑿，在半夜路上看見那個穿著日本軍服的人影，就這樣穿巷過橋，走啊走的，一揉眼忽然又不見蹤跡。

到後來這無從查證起的耳語，還一度鬧上報紙。有關當局甚至以這是匪諜藉裝神弄鬼擾亂民心為由，下令徹查散播謠言者，一律以匪諜罪逮捕偵訊，這才沒聽說更多關於那日本兵夜行的怪事。

那年夏天鎮上特別多事，說來說去，都還是跟小鎮上來了一堆外地人有關。

臺灣本地製片公司帶著日本導演跑到鎮上來出外景，拍一部我們也不知究竟算日本片還是國片的電影，把原本無趣的小鎮攪得天天不安寧。等他們要走的時候，我的人生也已像後來再也沒完成的那部電影，結束在一個問號，和一串點點點那個未完的標點符號上。

然而，當時的我並不明白。

原本就是日本人殖民時屯居的吉祥鎮，白天成了電影中所需的場景，恢復了幾可亂真的日據時代臺灣面貌，到了晚上若碰上了戴著白手套，穿著長筒軍靴的日本軍，任誰也沒那麼大膽，敢追上去看個清楚那人，還是鬼，的長相吧？

也許，老人確實看見了他親兄弟的鬼魂。也許，鎮上其他的目擊者也不容懷疑，他們果真碰上了那個讓人心裡發毛的畫面。

也許，他們都看見的是一個活生生的人。那個穿日本軍服的男子，只有我知道他的祕密。

事實萬一碰上了巧合，就成了再也無法恢復的真相。就成了一個謎。

如今也許只剩下我一個人還在企圖解答的一個謎。

不，不是一個人。我已經不在這個世上了，不能再自稱為人了。

過去這二十多年，除了每年醒來一次，其他的時候並無知覺。

原來這就是死亡。

關於這一點，活著的人也都猜錯了。他們以為死後有靈魂，或昇天或下地獄，或守候著所愛不忍離去，或充滿怨孽在陽間搗蛋。

其實我們什麼也做不了，哪裡也沒法去。下葬之後，就是毫無知覺了。除非，在你忌日的那天，有人還會惦記著來為你上一炷香。那麼，只有在這一天，你會又醒來一次，看看為你上香的人，你被安葬的故地。在太陽下山前你又再度昏昏落入長眠，如此而已。

第一個忌日，來將我喚醒的是爸和蘭子。

記得睜開眼的那一刻，一點也沒有感覺驚訝；與其說是我從沉睡中醒轉，倒更像是闖進了一個夢境。

置身在一片灰泥色的墓塚間，天也是灰的，陰霧霧的。

這地方在鎮外小路經過的山腳，從前只有抄小路趕去鄰鎮看電影時，曾騎著我的單車匆匆打此路過，每次也都是屏著氣，不敢朝內張望，深怕從園子裡衝出一個像電影上常出現的復活殭屍。原來這裡頭並沒有想像中的陰森，連一棵高大的樹木都見不到，只有經過人工修剪的一排排矮灌木叢。很安靜，安靜到連我視線中百公尺外，爸在劃火柴的聲音都聽得清清楚楚。

我朝爸和蘭子的方向走去，卻意外自己腳下的碎石，竟沒有因為有步履輾過而發出應有的磨擦聲響。我踏過的路連個腳印也不存。

直到這一刻我才驚惶了起來，再一次抬目四顧。更遠的地方晃動的那個人影，先前以為是此地園丁而沒多想，這時才注意到他一身西裝筆挺，卻是非常古舊的樣式。

我努力回想，在這一個詭異的夢境發生之前，我身在何處？我閉起眼，意識連接到腦海中最後一個儲留的畫面，一瓶巴拉松從我手上滑脫，空瓶滾動滾動滾動……

爸——

我哭了起來，叫喚著他，可是他與蘭子都沒有反應。

我踉蹌地奔了過去。

為什麼會這麼愚蠢？就這樣輕易了結了自己的生命？爸，對不起——

蘭子的手被爸牽起，接住他遞上的一炷香。她跟著爸做起拈香祭拜的動作，朝著那塊冰冷的石碑。那就是我在陽世如今僅留下的痕跡了？

墓碑上嵌著一張黑白照，我高中學生證用的二吋半身。那個十七歲的孩子看起來簡直是另外一個人，仍帶著幾分羞澀，可是眼神卻陰鬱。中間離家那十年，我沒有寄過任何照片回家，顯然爸沒有太多的選擇。除非，除非他仍有保留一些我在拍片時的劇照……

但我多麼慶幸，他最後用的是這張大頭照。原本以為，死亡可以讓我從此逃脫那個夏天，沒想到一切記憶依舊歷歷上演，並且在同一刻，生與死的界線卻又是那麼不明不白。

又有另一家子人在園中出現了，原來鎮上也有人跟我是同日往生的。覷起眼，看見一個老人站在上香的那家老小旁邊，氣嘟嘟地打量著每一個家族成員，嘴裡唸唸有詞。

這時候聽見蘭子突然開口了。

她說，小羅。

爸點頭。「對，我們來看他了……」漲紅著臉，卻終究忍不住開始抽咽。我上前跪下，對著我孤苦伶仃的老父磕了三個頭，補上我生前欠他的鄭重道別。

小羅，蘭子又說。

滿臉是淚的爸並沒有理會她，畢竟在大家的眼中，蘭子已經神智恍惚多年了。她繼續發出含糊片斷的單音節，爸只好伸出手在她背上拍撫，一邊拭淚一邊無精打采地應著：小羅……是啊……他現在就睡在這底下……

我彎起膝頭正待起立，忽然感覺一道目光。

小羅。蘭子再一次喃喃自語。

我驚異地抬頭，和她面對面注視著。

*

沒法子安葬，或沒人祭拜的亡者，他們不用入眠。

那樣死後很悽慘呢！一隻這樣長年清醒的魂，這樣告訴我。雖然我以為那樣一直清醒著，就像是長生不老，陽間的事一樣都不會錯過，也有它的好處。但那隻魂搖搖頭。祂覺得還是像我這樣在死睡中，只有偶爾醒過來比較好。

祂說，生老病死看多了是很無趣的，人的世界畢竟遺憾太多。

初遇這隻叫敏郎的無墳之魂，就在我第一年的忌日。

當時發現蘭子的目光竟能聚焦在我身上，我說不出是吃驚還是害怕。妳看得到我嗎？妳還認得出我嗎？我急急向她喊話。沒過一會兒我便沮喪地發現，她聽不見我的聲音。

這時，不知從何處就傳來了嗚嗚的口琴樂聲。我四下巡望，那憂傷的曲調分明就在離我不遠處，我卻望不見那個吹奏者。

顯然，生前所習慣的感官接收與傳遞，對於現在的我已不適用了。那口琴聲或許來自好幾公里外也說不定。

我聽出來那曲子，是小學音樂課本上就有的〈念故鄉〉。音樂老師曾告訴我們，這是一首有「捷克國歌」之稱的世界名曲，原本是一部名為「新世界交響曲」中的一個樂章。

我不懂古典音樂，但是那略帶悽楚的旋律立刻就吸引住我，當時不明白為什麼新世界聽起來一點也不歡樂呢？……沒想到，就在我發現了死後的這片新世界時，耳際又響起了這首曲子。

多麼切合，又多麼諷刺。

口琴特有的音色，簧片不斷滑出的顫音，讓這片新世界更顯得悲涼。我忍不住在腦海中搜索起音樂課本上的中文填詞，輕輕跟著哼起來：

念故鄉，念故鄉，故鄉真可愛；
風甚清，夜甚涼，鄉愁陣陣來。
故鄉人，今如何，常念念不忘；
在他鄉，一孤客，寂寞又淒涼。
我願意，歸故鄉，再尋舊生活；

眾親友，聚一堂，重享天倫樂……

哀咽的口琴尾音穿過墓園寂寂的空氣，塵土飛過般愴然，終於消散。

蘭子眼神中流露出一絲疑惑，同時又宛若純真孩童看見陌生人時，既好奇又微微恐懼的表情。

父親已經在收拾帶來的什物，準備離去，並沒注意蘭子的反應。我過了片刻後才理解到，蘭子眼中的陌生人並不是我。等她和父親慢慢攜手踱出墓園後，我對著口琴聲飄來的方向高喊了一聲：

「好了，你現在可以出來啦！」

那隻叫敏郎的魂魄在我眼前浮現的時候，我忍不住又再驚呼：

「原來你是真的！」

那青年被我沒頭沒腦的這一喊，立刻手足無措，滿臉不安。「也許我是真的——」

他用臺語朝我回答：「可是，什麼是真的？」

我一時也無法釐清腦中混亂的思緒，不知該如何回答他的問題。他當然更不會明白，他那身日本軍服，對我來說是多麼大的震撼！

大正十二年，我阿爸隨叔伯們行過七腳川來到花蓮落戶，在日本糖廠做工。我是昭和元年出生的王敏郎，上有一個小兒麻痺的哥哥；一個姊姊，後來生產時過世。昭和十八年我被徵兵，十九年在菲律賓重傷昏迷，屍體始終沒有被找到……

順興碾米店跟你有什麼關係？

那是我大哥開的。

敏郎，你知道你現在身在何處嗎？

好多年我一直找不到回家的路。起先我以為，日本人戰敗了，阿爸他們也離開了臺灣。從小他就告訴我，我們的祖籍是福建漳州。我從漳州又找回臺灣，但是原來的村落已經不在了。我就一直在山裡頭待著，很害怕被發現。然後，十年前有一天，我決定偷偷下山來晃一晃，在山上實在太無聊了。結果我大吃一驚，發現這個地方又出現了日本人，街道商店又變成我離家時記憶中的樣子，連電影院都上演起我小時候看過的《支那之夜》。我一條一條街逛著，沒想到竟然就看見了我大哥，還有他開的碾米店。他那時看起來已經好老好老了，拖著小兒麻痺的那條腿仍然忙進忙出——

你大哥過世了。

我知道。

我們那時候還以為，你大哥說看見你回家來是他老糊塗了。

有的人看得見我們，就像來祭拜你的那個姑娘。但是他們看得見，卻聽不見。即使相見，我也沒辦法跟我大哥說什麼，很難過。

像你這樣一直醒著，很辛苦吧？

嗯。很羨慕你們能被好好安葬，就不必像我日晒雨淋的……對了，你的閩南口音聽起來怪怪的，你是哪裡人啊？

我是，嗯，臺北人。

那你怎麼會葬在這兒？

我，我是這兒出生的。

你過世的時候幾歲？

二十七。

我還以為你跟我差不多年紀呢！這位大哥，怎麼稱呼？

小羅。

小羅哥，二十七歲也是走得太早啦！去年他們送你過來的時候，我就注意到了，不知道是不是有意的，墓上沒寫你的生年卒年——

因為我是自殺的。

即使已經是多年前的事了，我仍然記得，敏郎當時聽見我的回答後露出的震驚表情。對一個十九歲，人生尚未開始便為了一場與他無關的戰爭，毫無選擇餘地戰死於異鄉叢林的男孩來說，有人竟然不求生而寧死，恐怕是太難理解且令他不齒的行為吧？

*

每年悠悠醒轉，數個時辰後便又隨著夕陽光景瀰漫，而再度失去意識。次次的輪迴，還好多了敏郎，還有他的口琴作伴。每當又要告別，他一定會吹起同樣那曲〈念故鄉〉。

不光是有關我的自殺難以對他啟齒，他過世後四十年的人間種種變化，想對他解釋得清楚也不是容易的事。按歲數，我是他大哥；可若照生辰，他是我父親的年紀。我總是會忘記，他出生於臺灣日據時代，一個我從書本或電影上看過，卻從來無法真正想像的時代。

電影公司倒了，松尾把我安排在一家專做日本客生意的酒店上班，那大概就是我對日本殖民這四個字，最近距離的體驗了。

沒想到，松尾沒多久就把我丟下跑回了日本，說好會帶我去日本電影界發展原來只是空話。不管松尾是否一開始就在欺騙，年少無知的我，連自己到兵役年齡無法出境都不懂，做著遠渡東洋的美夢，只能說自己活該。

上班的酒店在七條通，日據時代這兒叫「大正町」。只要是中年以上來店的日本客，幾乎都在二戰時期與臺灣有點淵源。他們在店裡高聲談笑點唱卡拉OK，陪同而來的本地生意人也都以流利日語應答，店裡工作人員也因此不得不學會了簡單的日語。雖然位在臺北的七條通，但那地方卻是標準的日本領土。

我與敏郎交談時，總是閩南話與日語夾雜。他聽出來我的閩南話並不道地。本想假冒與他同鄉，拉近彼此距離的努力，沒辦法只好從實招來。

我父親是來自中國東北，我說。

對敏郎那顆還停留在昭和年間的腦袋而言，東北滿洲國是一個多采多姿的地方。聽他興奮地說起他當年在教科書上所知道的滿洲國，我都幾乎遺憾起來，自己從沒親訪過我的東北老家。

第七章

我自認我的閩南語是臺北口音，並不算是胡謅，事實確是如此。在酒店工作那段日子，我不但得學日語，「臺灣話」對那些日本客人來說，更是必要的異國情調。甚至有些曾在日據時期臺灣生活過的老紳士，聽到我們工作人員彼此間說著「臺灣話」還會激動地流淚。

那年在吉祥戲院拍片的工作人員都不知道的一個祕密：松尾能說一些簡單的閩南語。可是他在人前從來不說一句。

第一次聽見他用閩南語對我說出「臺灣囝仔」幾個字時，可想而知我的驚訝。松尾有太多祕密，只有我最清楚。同樣地，我骨子裡不符年紀的早熟陰沉與貪婪，自以為不露痕跡，松尾卻一眼把我看穿。就像第一次在試戲時，他設計我在眾目睽睽中跪地挨巴掌。

看似是我上了他的鉤，又何嘗不是他上了我的鉤？

隱約明白這是我們之間的一場遊戲，一場主人與僕人的遊戲，一場征服與屈服不斷翻轉的扮演遊戲。說那是中了電影的蠱，也沒那麼單純。更好像，那是我的宿命。

在臺北，我們有了新的戲碼。在他的介紹下，我開始在店外賺取更多外快，接待他的「特殊」朋友。

要說自己是臺灣花蓮來的，懂嗎？松尾這樣交代我。收入都是你的，接不接在你。我只是想幫你。在日本很多藝人沒成名之前都需要這樣的收入。

他說得如此理所當然。

我懂。我說。

我沒有懷疑或抗拒，自從他挑中我演出他電影中那個本島少年後，我的人生就再也沒有脫離他派給我的這個身分。

我一直在演著他心目中的那個角色。

他的朋友也都抱持著類似的心情來到臺灣，島上青春的少年總為他們帶來奇異的興奮，彷彿我的肌膚毛孔會釋放出一種叫「臺灣」的氣味，激發起他們深沉昏暗的慾望。

啊支那的可愛少年哪——他們之中有人還會迷亂地發出這樣痛苦又感傷的囈語，讓我覺得整件事有種荒謬的喜感。

我青春的肉體到底是屬於支那還是臺灣島呢？

也許他們也搞不清楚，而我卻漸漸習慣，他們越洋尋求的滿足慰藉就是我，未開化的純情臺灣少男，操著他們喜愛的拙劣口音，不管說的是日語還是閩南語。

他們之中有的態度溫和慈祥，讓我躺在他們身邊，用他們枯老的手掌愛憐地遊走撫摸我的全身，詢問著我的身世。我的答案，一則不算全然造假的謊言如下——

我的父親上過公學校（他在偽滿念過書不是嗎？），母親是本省人與山地人的混血（關於這點我一直這麼相信，雖然父親從未親口對我證實過）。我高中沒念完就出來打工了，因為爸爸年紀大了（說到這裡我總難免語塞而想要哭，反更讓人覺得我身世堪憐）。

聽了我的故事，他們不少人的情緒便出現波動，有的還能即時回春，翻身緊抱住我使勁親吻，好像他們有什麼神祕內力可以就此傳進我的體內，讓我不再受環境的擺布……

另外有些客人就完全是不同作風。他們一副高高在上的樣子走進門，坐進沙發把腳一抬，命我為他們脫鞋，然後又使喚我去放洗澡水，為他們泡茶，準備浴袍，在我忙得團團轉之際，也許就會突然粗暴地壓住我頸子把我推倒在地，我這時便要驚慌地低喊著大人大人，有人來了……他們摀住我的口鼻，用力把我壓住。次數多了，我也就趁他們把我壓在地上時，學會分辨出他們身上不同古龍水的牌子。

我倒不介意這種看似凶惡，卻比較經濟的方式。通常很快完事，然後繼續伺候完他們出浴更衣就寢，我的僕役演出便可告一段落。

這種人通常家有妻小，不會要求我跟他們同寢過夜。

不論哪一種，小費倒是都給得很大方。比較討厭的是第三種，松尾也會加入的場面。讓我介意的並不是多了一個人，而是這種情形會出現，多半因為松尾與對方熟識，我就會被當作是自己人，拿不到我應得的外快與小費。

奇怪的是，我的明星夢當時並沒有破滅，我一直還相信自己有著尚未被完全開發的表演天分。

直到跑回日本的松尾又再度來臺，並化名為「江山」開始在臺灣拍一些鬼怪打鬥片。我才知道，他從來沒真正把我當作一個可栽培的明日之星。

我才知道，他其實是個在日本混不下去的二流導演。

*

敏郎一直對我的背景來歷好奇。這也難怪。在我們初識的頭幾年，我盡可能避開這個話題。看得出來，他非常想探問我自殺的原因。

但畢竟是鄉下長大的孩子，在他左一句右一聲的「小羅大哥」面前，還是有些畏縮的。混跡臺北十年，讓我已經帶了某種濃重的江湖氣。這在還活在昭和年間，樸實單純的敏郎眼中，尚陌生的我大概與臺北惡勢力畫上了等號——至少當下我是這樣意識的。

不過話又說回來，就算我想要聊聊關於我的一些遭遇，也不見得說了他就能明白。例如，我費了好大工夫才讓他明白，他突然看見的日據時代重現，不是時光倒流或人死復生，那是因為在拍電影。電影中看到的並非真實的事件。

沒想到這個概念對四十年前的人類如他，是很不容易想通的一件事。那一次的相會，我就只為了說明什麼是電影，就耗去了整個下午。

「你為什麼會知道這些？」敏郎反問我。

我遲疑了半晌，感覺被他將了一軍。最後我緩緩嘆了一口氣，才回答他，因為我曾經是電影中的演員。

「小羅大哥，拍電影很苦嗎？」

「你為什麼這麼問？」

「因為……因為我感覺，可能你想死跟拍電影很苦有關——」

他的推斷讓我覺得既吃驚又好笑。他雖落後了我四十年，但是卻不影響他的聰明與敏感，我甚至懷疑是否正因如此，來自心思純真年代的人，才能感受得到更多？

「小羅大哥，你為何在笑？」

「因為我覺得你很可愛，很聰明。」

敏郎摸摸他四十年前剃過後，便沒再改變長度的士兵頭，傻里傻氣地跟著一齊笑起來。

我如何能對著這個宛若白紙的鄉下青年說出我的過去？這個受殖民思想教育長大的孩子，甚至不知道日本在二戰中犯下過哪些罪行。

他不懂得的惡，就像我從不相信的善，到了最終又有什麼差別？我和他靜靜坐在夕陽裡，等待夜晚的降臨。

有那麼一次我實在忍不住了，問他瞭解不瞭解殖民地的意思。他很認真地反駁我，那是老一代臺灣人的想法，到了他們這一代，日本人已經接受本島人，很多待遇已經較早年公平……

公平。我在心裡默唸著這兩個字。已經被不公平對待的，能真正看到公平是什麼嗎？

還是說，只羨慕著自己得不到的，以為得到了就是所謂的公平？

不忍告訴敏郎，那時已經是二戰末期，日本人在太平洋戰爭中節節失利，加緊速度推動的皇民化運動只為了吸收更多願意效忠的國民，做為延續戰爭的本錢。看看松尾和他的那些朋友就知道，雖然當年也還只是青少年，但是殖民地經驗當真會遠離他們嗎？

在酒店打滾討生活的那段荒唐歲月裡，我認識到各形各色卑微的下層人物。他們用各種自以為的方式，企圖爭取到公平的待遇。賭場的混混羨慕大哥級人物，不用現金就可賒帳上桌，夢想翻本卻最後簽下巨額本票，被逼上絕路。酒店小姐當了人家情婦，一週裡只要男人來過夜的次數，跟回到老婆身邊的時間殺個平手，就覺得自己地位大大提升，上班的時候也特別來勁。

那幾年臺灣經濟大好，錢淹腳目，酒店生意紅到一發不可收拾，「花中花」的開幕更把酒場規模帶到五星等級。我在酒店界有些資歷了，當然想辦法也要擠進這些大店，小費能撈則撈，小姐的皮肉錢能抽就抽，陪睡日本客的外快當然能賺也不放過。覺得終於揚眉吐氣，走進百貨公司下手從不看價錢，專櫃小姐都對我哈腰鞠躬。以為從此站住了腳，卻輕忽了有油水的地方就有黑道。

我被狠狠修理了一頓，因為賺得太凶。之後還繼續被他們威脅，從此不可以讓他們在臺北酒店界看見我，否則潑我鹽酸，斷我手腳。

最後只能棲身臺北火車站附近的茶室陪歐吉桑喝酒，無疑是從雲端跌入泥淖。那時候，這些地方都還是偷偷摸摸的，躲警察也躲圈外人滋事騷擾。店裡永遠燈光昏暗，陳年煙熏得地毯上蟑螂來去自如。

豈知，這就是我人生最後的一站。

蝌亂的記憶，無法斬絕只能深藏。

*

然而這一天說到了什麼是公平，我忍不住憶及後來在圈內認識的小羊。我隱瞞省略了背景細節，跟敏郎說起這個他一定覺得匪夷所思的故事，關於一心想要變性的小羊。

這個容貌並不怎麼美麗的男孩子以為，自己既然愛的是男人，就只有變成女人才可能與心愛的人相守。他以為，他愛的人都辜負了他，他的情路如此坎坷就是因為他不是女人，因為那些他愛過的男人最後都跟別的女人結婚了。這個叫小羊的男孩覺得，這不公平。他的愛一分也不少，為什麼他不能和那些女人一樣公平競爭，得到一個男人和一段婚姻呢？……

說完我深吸了一口氣，不敢立即轉頭去看敏郎的表情。我卻仍能感受出並肩而坐的短短空隙間，突然彷彿有一股低壓升起。

原本我只想用這個例子來解釋，我覺得太多人對公平的誤解，讓他們的人生最後走進了死胡同。不知道小羊現今如何了？他真的去做了變性手術嗎？他終於成為女人而享有了婚姻的權利，與他愛的男人過著他夢寐以求的人生了嗎？婚姻，男女，家庭，對小羊而言是如此根深柢固的觀念，甚至非要成為女人的那一天，這幅幸福的想像才能完全圓滿。唉小羊——

想著下落不明的他，想著人們多麼容易便以為，那些得不到的東西一定是好的，竟然無法繼續訴說我的想法，留下了無疾而終的尷尬收尾。

「嗯……喔喔，原來如此……」

怔忡間，我聽見敏郎發出了這樣的自言自語。起初不確定他究竟想通了何事，等到猛然意識到，他莫非因此猜測出關於「小羅大哥」的真實面目時，我竟當下感覺血液迅速往額頭衝……

已經很久沒有為這種事情忐忑了，但我突然陷入兩難的心情。

希望他知道，也不希望他知道。不希望萬一就失去這樣的一個朋友，更不甘心連鬼都要瞞。

然後就聽見敏郎接著說道：「所以結婚有家庭還是很重要的啊！怪不得我阿母那時候說，等我作兵回來，就給我娶媳婦了——」

「啊——」我僵硬地擠出一個笑容。

告白的時機稍縱即逝了。是的，連鬼也要瞞啊……

「小羅大哥為什麼沒娶某？我原來以為來上香的姑娘是你的牽手，不過發現她原來有點猇猇。哈哈，誤會了！」

那，敏郎有喜歡的人嗎？

他竟然害羞起來，連說沒有沒有。「女生很討厭哪，沒事就愛捉弄你，要你幫她們做這做那的——」

顯然年輕的敏郎連那就是示好傳情都還不懂。他接著反問我：小羅哥怎麼會認識像那樣的朋友？

我楞了一下才會意過來，偏過頭去，只冷冷地拋下一句：「這世界上本來就是什麼樣的人都有。」

什麼樣的鬼也都有。

第八章

我不再問敏郎有關日本人的事，他也小心迴避我的過去與輕生的理由。每年短暫的相聚成了彼此重要的倚靠，尤其那時我們還沒有發現，原來這樣的狀態還有隱藏的玄機。以為這就是所謂的永恆，沒完沒了，無因無果。

不變的是，那個日本軍裝的男子仍不時在我心底乍然出現，穿過無燈的廣場，轉彎，又消失在下一個窄狹的甬道。那年夏天在夜裡尾隨的那個身影，就這麼帶我走進了命運的下一局。

儘管鎮上碾米店阿公胞弟鬼魂返鄉之說已甚囂塵上，我初見那背影時卻不害怕，不是因驚恐，而反倒是前所未知的渴望澎湃讓我全身微微顫慄，是難抑的激動與墮入無助之間的拉扯，讓我在偷偷摸摸的跟蹤行程裡，雙膝不止一次癱軟而難以舉步。

在門戶已掩火已熄的巷弄間，在走過戲院跨越小學矮牆漫無目的的曲折中，那身影從不回頭。

他不可能不曾察覺我的腳步窸窣。

只有月光引路的子夜，農曆七月的暑潮悶濡隨著入夜漸漸消退，四下尤顯得靜定，猶如一個正在吹脹中的肥皂泡泡，不能出聲不要蠢動，維持住那樣一個美麗而危險的平衡，半透明的，讓人透不過氣的泡泡……

直到快窒息的那一刻，對自己投降了。缺氧的肺泡奮力吸抽，宛如瀕死前被拖撈上岸後的一聲大喘。投降了。我抵抗不了自己伸手想要攫捕住眼前那個身影的衝動。

入土後的長眠並無夢，那個畫面卻總似夢境的迷離浮沉。

但我知道那並非夢境。

人死後，生前的夢是否還可能被修改？如果不是夢，為何那影子在我心底出現，每當轉過身的那一瞬揭曉的總是，不同的臉孔？

*

在我第五，還是第六個忌日，敏郎低聲向我抱怨，沒有琴譜，吹來吹去就總是那幾首曲子。他會的歌又很少，可是很想練新的曲子呢！

「小羅哥，你哼首你喜歡的歌，教會我之後，下次就可以吹給你聽囉！」

敏郎把玩著手中的口琴，臉上似乎略失以往的開朗，想必這樣幾十年的魂魄殘延真的讓他感到抑鬱無趣了。

我們坐在離墓塚稍有些距離的小草坡前，看著我爸把一樣樣帶來的祭奠用香爐花瓶盤盆收回背袋裡。我心頭一陣隱隱酸熱，看自己的父親年年這樣折騰，真是造孽。這一日，見他比上回白髮增加好多，不禁心虛地憂忖著：他還能來這兒看我幾年呢？

沒人為父親上香的那天到來的時候，或許也不算是壞事，因為少了不必要的情緒起伏，總比讓老人一年年醒來孤孤單單，又空空蕩蕩地回去睡下來得好。他不來了，我繼續死亡的葬寢，也不會有不甘或擔憂。

可是這一天，敏郎的落寞神情令我不再覺得無牽無掛。

如果父親不能再來看我，敏郎就又將是孤單一隻了。敏郎平日並不待在墓園，據他的描述，白天他在山裡看鳥聽泉，夜裡有時會進鎮上蹓蹓轉轉。他跟其他的「老鬼」——照他的用語——並不往來，要不是在我第一個忌日，他聽見有人竟然跟著他的口琴一起哼出旋律，他才不會下山來看個究竟呢！

莫非，並不只有我想到過這情況：在未知的某年，我們無法預知的情況下，來年就見不著面了。所以，才要我教他一首歌，做為紀念嗎？

「一時還真想不出啥歌曲哩——」我笑笑說道。「先告訴我，我不在的這一年，有什麼新聞沒有？」

前一年他帶來的新聞是鎮上的小商場，就是吉祥戲院拆後建的那座，一樓開了一家二十四小時不打烊的雜貨店。

我猜他說的就是7-Eleven，可是對敏郎來說這真是新聞，工作有需要這麼拚嗎？他瞪著眼不以為然。7-Eleven終於來到鎮上了，這消息突然在我心間激起小小一朵漚柔的水花，有那麼一刻，我突然想念起超商店中明亮到刺目的日光燈。

在酒店上班的日子，聞了一晚的酒臭與男女動物性的體味之後，每天清晨四、五點下班，我一定先繞去旁邊巷裡的連鎖超商，然後再去牽摩托車回家。進那店裡，有時也不是真的需要買什麼，就是喜歡那樣劈頭亮晃晃澆下的白光，總讓我覺得整晚的墮落汙濁，頃刻被沖淋得無影無蹤。在超商裡，人生突然變得好整齊好簡單，吃喝拉撒所需的一切都被分類歸架。它們都是我的都市小綠洲。但小鎮的 7-Eleven 會是什麼樣的氣氛光景呢？多希望能再有一次機會，讓我走進一家深夜的超商啊！……

敏郎這一年帶來的消息，是關於蘭子。

敏郎曾說，蘭子看著我們的眼光有點嚇人。

連我都必須承認自己被瞧得有點不舒服，毫不知情的敏郎，難免要覺得被盯得不知所措了。她的目光讓我想到小時候鉛筆盒上的一種圖貼，細細波浪紋的表面，折射出一圖兩面；往左偏一下，人像張眼，往右偏一下，閉眼。

蘭子不眨眼，但是目光一下子閃著空洞，下一閃又彷彿愁思百轉。讓我不禁懷疑，也許她並沒有精神錯亂，反而是在她面前，我成了鉛筆盒上那種兩面貼圖，她可以看到我在不同角度所折射出的面目。

左一點，無辜。右一點，無恥。偏這面瞧，騙子；偏那面瞧，呆子。她可能還記得清清楚楚，我離家前所講過的每一句話。

不管我怎麼對我的生平輕描淡寫，年年在我忌日出現的父親與蘭子，我是不可能迴避得了敏郎對他倆的詢問。經過我的隱瞞細節與重點修改後，蘭子成了我父親認的義女，嫁得不好，生個女兒意外也死了，所以精神有點不正常。

「她的尪，叫老吳的，死了。」

「喔。」我隨口應道。敏郎不說，我哪還會想起這號人物呢？

我必須對敏郎修改整件事的版本，不是由於我說謊成性，而是我不能代替父親與蘭子發言。他們這麼多年都過來了，他們努力掩飾得很好，恐怕連老吳生前都從來沒懷疑過。

我們父子倆各有一個彼此知情、卻努力協助對方瞞過外人的祕密。如果我死前有任何遺憾，那就是我一直沒有這個勇氣，主動打破父子之間多年的冷默與隔閡，跟他說：爸，你跟蘭子的關係我早就知道了，就像你早就看出我跟其他男生不同，對不對？

我知道你害怕萬一被發現，我也害怕自己被揭穿。

爸，其實可以的，你可以得到祝福的。可惜了。

五十幾歲的外省老兵與十七歲未成年的本省人家養女，走到哪裡都會遭異樣眼光與背後指指點點，這當然是無可避免的。但是，這個情況在我看起來，能夠被接受的可能性仍比我所要面對的高太多了。你們為什麼不離開這個地方呢？你們至少不會像我，不管去到哪裡，最後都只能回到同樣黑暗邊緣的角落。但至少我試過了，你為什麼就，不敢呢？——

我看著父親四下打量了一會兒，見墓園裡無其他人影才放心地牽起蘭子的手，朝下坡路上慢慢步去。

爸，如果我們那時都勇敢一些，不會成了今天這樣的局面。我也不會只能在這裡默默看著你。

爸，那天晚上，蘭子養母嚷嚷著她女兒被強暴了，來人啊抓賊喔，你在哪裡？——

這時，突然敏郎的聲音出現，打斷了我的思緒。他問我想出要教他哪首歌曲了沒？我心不在焉地轉頭望向他。

不知是不是由於敏郎這一天都顯得悶悶不樂的緣故，他的臉色似乎特別暗沉，帶著灰撲撲的蒼黃。

我的目光仍不捨地朝父親的背影移去，漸行漸遠的那佝僂軀身，在下一秒意外地觸動了我一個擱置太久的疑問。

「敏郎，你大哥，都沒有人來祭拜他嗎？」

「有啊，他的忌日在春天，天氣剛剛轉暖的時候，我看他兩個女兒都算孝順，每年都會來。有時還帶著她們的小孩一塊兒，有時我大嫂也跟他們一道。只不過大嫂她看起來身體不是很好的樣子——」

「可是，都沒聽過你提起，你和你大哥見面時還好嗎？」

敏郎的目光如風中之蠋芯，窣窣閃晃了一下：「沒有。」

「什麼事情沒有？你是說，你和他，沒有像我們這樣，可以見面聊天？」

我完全沒料想到，敏郎會對我的問題搖頭作答。

每年的甦醒時間說長不長，我總急切地想知道鎮上的動態，想知道敏郎是否一切安好。我會聊聊我念書的趣事，他也對沒有了他的小鎮，後來這四十年來的變化很感興趣，彼此告知著同一個環境裡，自己缺席時所錯過的事情，變成我和敏郎這五、六次見面的主要話題。

沒有理會其他墓園的同類，或許是我還不夠清楚意識到，自己人間不在場的狀態，以致無感於現在的我，已經屬於不同時空的事實，對於每年能按時從死眠中睜開眼也視為理所當然。這真是像極了我生前得過且過的性格。

但是碾米店阿公的魂體並沒有與敏郎接觸的機會，這事讓我感覺有點蹊蹺。

我隨後想起了第一年睜開眼睛時，在墓園裡所看見的另外兩個老先生，一個穿著古怪老式西裝的，另一個對家人仍牢騷滿腹的，這一刻他們並不在我的視線範圍內。是跑到墓園外去遊蕩了嗎？

我於是向敏郎探詢，今天稍早在我醒來前，可有看見他們？

「沒啊！」他回答我，但是說不出為何，我感到他的語氣有些閃躲。「他們家人都是一大早就來了，可是有好幾年沒見他們跑出來了。」敏郎又說。看我臉色一沉，他問我，有什麼不對嗎？

他們與我都是同日往生的，如今他們或許徹底消失了。而敏郎的大哥也許打從一開始就沒出現過。這不正是說，我與敏郎如今的魂體，也可能有化為無形的時候？難道我們就這樣困坐鬼井，癡等那一天的到來？而又是誰在決定這殘喘苟延的次數長短多寡？

「我以為，你要再晚幾年才會發現這回事……」

敏郎聽了我的疑惑，只淡淡地笑了。我在那笑容裡看見了疲憊，心頭不免一揪。

「我不知道真正的答案，但是我在這裡夠久了，我可以確定，我們死後的命運也是不一樣的。」敏郎說。

為什麼他們有的醒來幾次後就不見了？為什麼你已經在這裡四十年？我聽見自己的聲音裡出現顫抖。

「因為小羅哥和我都是算夭壽。」

夭壽？

「也許我大哥死的時候，正好陽壽已盡。像你，像我，恐怕都死得太早，所以最後還是要償清我們欠老天的吧？」

敏郎說完話後看著我，天真表情一瞬被憤懣取代。

第九章

回顧那一日，之後下半天所贕的光景，我們的話都變少了，開口也是輕聲緩吐。我被這個醍醐灌頂的發現沖得心涼，而他似乎顯得遺憾——這個他以為可以再拖延久一點的真相，太早被我發現。

為什麼沒有初見面就向我解釋？起初對敏郎的隱瞞有點不諒解，但想到他一直希望我教他新歌的請求時，又好像明白了。

我肯定不是他在墓園裡結交的第一個朋友。

話不投機之前泛泛試探，不會有期待；一旦有了交集與等待，卻就是話別的開始。也許前一次先走的是對方，難保下一回不就換成了自己。

之前只想到，如果有一天沒有人在我的忌日出現，敏郎那天就只有空等，而我們連一次珍重話別也不會有。他只能一次又一次送走了不知多少回，這樣短暫的情誼，這種空等一場卻不知已經結束的往生之交。

所以要用一首歌銘記，學一首新歌，吹奏著它，希望好歹能搶在命運前面一步，不會也不敢忘。〈念故鄉〉想必是在我之前的哪一位教他的？

不知為什麼，這念頭令我產生微微妒嫉。

如今才理解，他的壽命並未終止。他並未被凍結在他死亡的那一刻，事實上他已經活了六十個年頭了，永遠的青春反而是個無形的枷鎖，鎖起了他囤積了四十年的寂寞。我現在還能繼續把他當作從前的敏郎嗎？

我這個大哥只是冒牌。因為對未來世界的一無所知，讓他顯得單純幼稚，讓我輕易相信了他十九歲的容貌。他喊我大哥，是不希望一開始就嚇到我吧？這男孩，這老人。

原來，之前注意到他的臉色憔悴，並非由於他的悶悶不樂，說起來，那就是他真正靈魂年紀所透露出的底色。

六十，六十一，六十二，哪一年就是他的終點？而我的終點又在哪？

我這個敗類，自斷殘生，於是被丟進這樣心驚肉跳的陰壽延年，也就罷了。他是為了什麼也得要受這個罪？

我不是為國捐軀的英雄，並沒有光榮地死在敵軍的手裡，他說：戰爭腐蝕了理性，我每天都在瘋狂的邊緣。

在那個不知名的南洋散島中的小村落，某個溽悶濕氣把月亮都泡得變形的夜裡，少年的兵終於發狂了，變成了一隻野獸。

只記得看到了一個村裡的女孩獨自溪邊洗衣，她那兩粒形狀飽滿挺聳的乳房，揭露了一種讓處男嬈惑魂失的原始，脈搏驚奔，膚灼口燥。事後，他站在月光下，內心竟出其的平靜。以後他也完全記不起受辱的土著女孩什麼長相，但他卻記得，自己裸身朝著星空張臂，月光瀑流全身那個當下內心的感動。

不管戰場多麼血腥，人性可以何等殘忍，在那個晚上，他卻尋到了出口。就讓自已成為大地上歡騰的野獸吧！讓他從令人困惑又飽受煎熬的人性中解脫吧！頂上月光明柔，腳下河水清暢，他幻覺著自己正在領受星空中滿天神佛的滌禮，他永遠，依然是，神的子民！

村民不動聲色，幾日後趁他在蹲茅房時用布袋罩頭，拖到野地棍棒打到昏迷半死，然後將他丟棄到遠處山谷裡一個隱密的岩縫。

少年的餘息伴著血水，從嘴角沁爬而出，視線中那裂出的天光是如此靛瀲安詳，猶如深海，引他一吋吋下沉，只覺得睏了，冷了，甚至還來不及害怕……

如果沒有幹下那樁事，也許，我還可能凱旋回國哩，他說。

敏郎一定不只一次說起自己的死因真相，因為他的臉上已沒有哀痛或悲戚，反而語氣中有一種類似自嘲的無奈，表情顯出刻意的疏離與冷淡。或許是害怕？怕我會說出什麼讓他招架不住的侮蔑？

我有什麼資格做他的判官？難道我與他之間還需要較量出誰的罪孽較輕，然後就取得了道德凌駕的優勢？兩隻孤魂在這樣荒涼的時刻，竟都還掛念著如何在對方面前隱藏？

嘆息哽在了我的喉頭。他不知道，我用自殺停止等死的真正企圖。我卻能體會，他被丟棄山溝，慢慢等死的那種恐懼煎熬。

我走到他面前，用我的兩隻手壓住了他的肩膀。日本軍裝的青年瞪著他那雙無助的眼睛，定定看著我。

我聽見自己心房最深僻的角落，在那一刻有什麼東西傾倒崩塌的聲響……吉祥戲院終於灰飛煙滅了……我始終期待，也許有一天，我也會聽見有人對我，如同我對著眼前的日軍青年，開口說出了這幾個字：

「我瞭解。」

我瞭解你在月光下突然有狂喜的那種感覺。

小羅哥也有過類似奇怪的經驗嗎？

嗯。

小羅哥不想說也不要緊。

也不是不想說，只是我突然很懷念，很懷念月光，星空，黑夜……我的夢醒時刻裡永遠不會有這三樣東西了……

你想出來要教我哪一首歌了嗎？

沒有……我來想想看……對了，你學過漢文嗎？沒有嗎？我想也是。

小羅哥要教我嗎？

我想到這首歌，它是中國古詩詞譜成了現代曲，也許是我死前最後聽到的幾首教我喜歡的歌。而且，唱這首曲子的歌手，是從臺灣去日本的，後來成了巨星，日本人都瘋狂呢！

跟李香蘭一樣？

李香蘭？……

她也是中國人，結果在日本大受歡迎。

我知道李香蘭……我當然知道……

小羅哥大概覺得我很笨，學不起來你說的這首歌吧？歌很短，你一定學得起來的。「無言獨上西樓，月如鉤。寂寞梧桐深院，鎖深秋。剪不斷，理還亂，是離愁。別是一般滋味，在心頭。」……你覺得適合用口琴吹奏嗎？很好聽哪！我一定要把它練起來，明年吹給你聽！

第十章

明年！

多麼悅耳的音節，如同晴空中的風箏升起飄揚，如同鑲著金色日光的翅膀撲拍。明亮的期待，似遠還近的距離，要發出這個幸福的音感是多麼容易。

但是，如果當明年不再是一個無限未來的代名詞？明年成為一個警訊，如「前方有落石」？如果未來只是相同重複的斷章？

如果不是死在秋天，我會因烈日高照而感覺炎熱嗎？會因寒風陰慘而瑟縮嗎？我會想到這個問題，自己都有一點吃驚。

除了有時是晴天，有時天空陰濛濛，六年來我每回醒來後所接觸到的空氣似乎都沒有太大的變化。

連一次下雨天都沒有。我曾經以為是季節使然，秋天本就是這麼平靜而涼爽，躲過了梅雨，也不會碰上夏日午後陣雨大作，或冬日的冷雨綿綿。

但在第七年，那被永遠凝結在往生歲月中的那個「明年」，我居然睜開眼時發現自己站在雨裡。

我沒看到敏郎如同以往蹲在我墓前等候。

接著發現，身上的衣物也沒有被雨水淋濕。

這個首次出現的雨天雖沒淋濕我的身體，卻一下澆醒了我自欺欺人的錯覺。我幾乎都要相信死亡不過就是入睡，每年悠悠醒來等於重返人間。但畢竟不是人間，人間的雨水會在肌膚上濺起微刺的水花，如舌尖舐著毛孔蜿蜒成小小的渠流。但我沒有這種知覺了，我的毛細孔都死了。

我死了。我真的是死了。

我知道這個事實，但卻在那一刻才真正感覺到與陽世的永隔。

因為敏郎，為我延擋住了這種刻骨的天啟。就因為這一回在父親走後，我第一次被單獨丟下，我再不能躲避這最後的真相。

敏郎！——

我在雨裡大聲喚著他的名字，聽見自己聲音中，排山倒海而來的恐懼與慌慟。

我用臺語喊，間中替換著日文 Toshiro。我朝著他曾經指給我看的山路走去，那條通往世外，他平日聽泉觀雲、練口琴之處的羊腸小徑。一路上我暗暗期盼，他也許只是想跟我惡作劇，看我第一次被淋不上身的雨嚇到，會是什麼窘態。

我越往山中去，心情止不住越往下沉落。

我覺得自己等會兒一定摸不回去我的墓地了，悲傷中摻入了難免的擔憂，但下一秒我立刻對自己的無聊與無知感到可笑。迷路了又如何？我還把那塚當成自己的家嗎？

就在這時候，我聽見了口琴聲。氣弱而音虛的曲調，是那首〈獨上西樓〉。

循聲跨過石頭往坡後的河床爬去，我看到他倚靠著磊石間一塊孤坐聳立的岩屏癱坐，灰青的臉混在四周的亂石間，幾乎一眼難以辨識。

忍住心裡湧起的淚酸，深吸了一口氣，我輕聲唸出：ㄇㄧㄣˇ ㄌㄤˊ。

以前我並不曾如此呼喚。

那一刻我明白，恐怕，以後，我也不再有機會了。

*

我奏得不好……

沒關係，今天天氣不適合。

可是我真的有練。

我知道。

本來是要下山去等你的，但是我好累……

換成我來找你，也，也不錯啊。

我再練習一遍給你聽——

先，先不要練了。來，來想一想，我們小時候，嗯小時候下雨天，都喜歡做什麼？……怎麼啦？

小羅哥你幹麼結巴啊？很好笑耶。

有，有嗎？

我看起來有那麼糟喔？

也許是光線，這麼陰暗的天氣——

小羅哥，該來的總要來的，不要去多想它。也會輪到你的。

也是。

就像以前每一年見面的時候那樣，可以嗎？……嘿，這是你第一次碰到下雨喔對不對？

對。真沒想到，會是這樣的雨。

因為我們只是有感覺的死人，但並不存在啊！記得我上次跟你說，我們恐怕是天壽，所以還不能壽終正寢？

當然記得。

也許是老天爺認為我們人生還沒有學會原諒與珍惜，所以才讓我們繼續留下，把功課都做完才可以回家？

你竟然能原諒把你丟到山谷、不管你死活的那群人？就算你強暴了無辜的少女，也罪不該死吧？

但是，誰要我當時是效忠了天皇的臺灣人呢？日本戰敗了，我又能跟誰討公道呢？我原諒他們了，因為那樣我才能原諒我自己。

你……？

我這樣想不對嗎？

不……我，我只是在想，如果我跟敏郎活在同一個時代，我們也能像這樣子做朋友嗎？

為什麼不可能呢？因為很喜歡心細的小羅哥啊。雖然小羅哥的臺灣話或日語一直聽起來怪怪的，呵呵。小羅哥也喜歡連電影怎麼拍都不懂的敏郎吧？

好自大的傢伙。不過好像說對了喲。

真可惜，第一次跑去鎮上的時候，沒有見到小羅哥——不對，如果那時真碰到，要換成你要叫我敏郎哥啦……

敏郎哥……也許我見過你，如果當時真的是你，就好了——

你這樣喊我，還真不習慣嘐！小羅哥常常愛發呆，以後一個人的時候，別太常胡思亂想喔。

你剛剛自己才說，不准提這個的——

不一樣啊，這是我早就想要跟你說的，跟今天，明年，沒有關係啊。

你想說什麼？

敏郎覺得，小羅哥應該丟掉以前的那些事。雖然他從來都沒有跟敏郎提起過，究竟是什麼事讓他的表情始終帶著憂愁？……為什麼他會，自殺？……敏郎也許不該問的，但是，如果，敏郎是那個可以理解的人——

敏郎的聲音雖然還是那個十九歲的孩子，但是那語氣裡已沒有了往日的活力。與其說是被訣滅的陰影籠罩，倒不如說是六十年的漫長疲憊，終於在這最後的時刻顯現出了它的痕跡。

雨繼續地落著。

敏郎以為自己冒犯了我，垂下頭不再出聲。

如果他剛剛的話是對的，關於被留校不能回家的我們，得學會一些什麼才得解脫，我真害怕自己將會被羈押一百年，繼續獨自面對我不堪的一生。

不是我不願意坦白，而是我都開始迷亂，說來短暫的二十七年生命，到底哪些是值得訴說的？

我不得不佩服那些能寫出自傳或回憶錄的人，他們怎麼能那麼確定，生命中哪些事是關鍵？哪些又只是殘渣？哪些事該說、而哪些又不該說？真的有所謂的前因後果嗎？

無法向一場自己曾效忠的戰爭討回公道，所以只好原諒殺害他的人。而我，是自己選擇結束的，我該原諒的又是誰？是我自己嗎？這個選擇必須有邏輯的敘述支撐嗎？如果就是因為發現生命的毫無邏輯，所以才選擇一死呢？

看著敏郎手中緊緊握住的口琴，我突然意識到，敏郎在意的並非我的解釋；或許，他遺憾的是，這最後的一曲，缺少了應有的情感音色。

我送給他這首歌，卻是如此冰冷的一首歌。

*

雨停了。

你還好嗎，敏郎？

雖然沒雨了，但是黑壓壓的烏雲讓人心情不免沉重，唉。……

敏郎，你知道天主教徒有一種懺悔的方式，叫告解嗎？以前我一直覺得那好虛偽，怎麼可能坐在一個盒子般的小房間，對著看不見面孔的神父，就坦白了自己的罪？

他們又怎麼知道，聽他告解的隱形人，是不是跟他一樣是罪人呢？就算告解了，做過的事也不會消失，又能改變什麼呢？

我大概是看太多電影了。其實，我對告解這件事的印象，都只是從電影中得到的。也許真實生活中，並不會發生那麼戲劇化的懺悔。我不是天主教徒，所以更難從電影中感受到信徒把神父當成聆聽的上帝，又是怎麼一回事？

我承認我的無知，所以我真的不懂，如果這些人心中真的有上帝，他們為什麼又會犯罪呢？明明也是凡人的神父，他們又憑什麼恕免了告解者所犯的罪？因為真正的受害者都已經無法開口了嗎？

我不是認為你不可信任，敏郎，或覺得你年輕幼稚，所以才沒跟你說起太多關於我的過去。

應該說，在認識你之前，敏郎，我不認為有任何人是無罪的，可以由他來決定別人有罪與否，或由他來扮演神愛世人的代理角色。

但是你，改變了我的想法。這是第一次在另一個「人」的面前，我自以為是的堅強，竟然被軟化了，不再為何謂公平，何謂虛偽，這些疑問不斷在我心裡鬥爭而自苦。然而，我多麼害怕自己的醜惡會讓敏郎的世界染上討厭的汙泥。我越是想向你坦白，我越覺得難開口，你能明白我的意思嗎？

有時，我也會有著卑下的想法，讓敏郎也墮落吧，那麼我就不用這麼痛苦地守住自己的祕密。然後，當敏郎說出了自己不光榮的身亡，我才理解到，難以啟齒的事並非一定就是黑暗的。

都是由於自己的黑暗，所以才有那麼多理不清、想不通的事情，然後把這些事情泡進了貼了「祕密」二字的毒藥水瓶裡，永久保存。

敏郎，我不確定，如果你生在我的時代，你對我們是否仍能成為朋友這個問題，依然可以回答得毫不遲疑？

你也想要知道答案嗎？那麼，就只好讓你自己進來看看了……

真正的告解只能有一次，不能有其他版本，不能再做修改，也不能對第二個不同的人。敏郎，我也只有這一次僅有的機會，在我們還來得及，說聲，珍重，之前……

我已準備好接受地獄審判的那一刻。

天堂太遠。

*

為什麼我決定結束自己的生命？

要怎麼開始回答這個問題呢？這並不是一齣連續劇，從開頭看到結尾，所有情節最後都會有個交代。

喔，連續劇就是——

沒關係，敏郎，那不重要。我的意思是，我沒辦法給一種說法，按照時間先後或人物出場順序，好像我真的能理解這件事為什麼會發生。

所以就從我立刻會想到的畫面說起吧！

臺北的西門町，初春卻仍帶寒意的街頭。

那天是我的休假日，通常也沒什麼可以做的，除了去看場電影。

那天看的是一部日本導演拍的片子，完全是因為海報讓我很好奇。故事背景是二次大戰期間的一個俘虜營，海報上出現的這兩個演員並不是電影明星，他們都是在音樂界很有名的人，一個是日本作曲家，一位是英國的歌手。所以就因為好奇這樣的組合，於是我買票進場了。

我不知道現場觀眾裡有多少和我同樣的人。

不，不是說像我這樣隨便就買票進場的人。而是——讓我繼續講下去，敏郎就會明白了。

我太驚訝在臺灣終於這樣的電影可以上演了。雖然在電影演完出場的時候，我聽到有觀眾說，幹，還以為是戰爭片，搞什麼啊，看不懂。但是，像我這樣看完後又驚訝又悲傷的觀眾，一定不在少數。我們默默觀賞，極力掩飾自己的激動，一面又貪婪地努力捕捉，在看似日本軍在集中營裡虐待白人戰俘的情節下，隱晦透露出的每一絲每一毫。

那是我第一次在電影院中看到，有關男人與男人間壓抑的愛情的故事。在那個當時，銀幕上男主角的一個眼神、一句臺詞，都是石破天驚。

俊美的年輕日本軍官，在戰俘營那樣不平等的環境裡，在軍令如山的全男性的封閉世界，對金髮高大的澳洲白人軍官產生了不可告人的傾慕。

那樣壓抑的牽扯，最後在澳洲軍官為虐囚不公待遇、挺身抗議時終於崩裂了。日本軍官怎麼對他下得了重手？結果，竟然在全營眾目睽睽之下，澳洲軍官上前擁住了煎熬的日本軍官，親吻了他。表面上，那像是對他威權統治者的一種羞辱，但在像我這樣的觀眾看來，那無疑像是他對日本軍官的私密耳語：

你對我的愛，我不能受。

戰爭中的男人如你如我，應該更懂得惺惺相惜吧？

你下不了手，我不讓你為難。

日本軍官當場崩潰癱軟，澳洲軍官被處死。在他臨死之前，日本軍官偷偷探視，鉸下一撮金髮做為紀念。

像我這樣的觀眾，坐在黑漆漆的戲院中很難不流下眼淚。沒錯，像我這樣的觀眾。懂得我的意思了嗎？

但是，更讓我激動的是，那一個擁抱與親吻，勾起了我記憶中幾乎相同的一個畫面。

那個日本男演員緊緊把我抱住，同樣也是眾目睽睽下，我感覺到他衣服下肌肉的線條，嗅得到暑天裡他身上冒出的汗味。驚惶中，被自己胸中發了狂似的心跳給嚇到，眼淚不聽話地就氾了出來。

然而，當時我們只是在排練一場戲。

如果，一切都可以停留在一場戲，那該多好？

＊

你現在知道了，那部來到我們鎮上拍攝的電影，對我後來的人生造成了多大的影響。

還要繼續聽下去嗎？

我是什麼時候知道自己喜歡的是男人？

這不是某一天，或某一刻忽然就「知道」，不是那樣的。

念中學的時候，有天班上一個男生帶了有裸女照的那種撲克牌來學校，我也跟其他男同學一起偷偷傳著看，看的時候心撲通撲通的跳，但看過那一次之後，就不再像第一次有任何感覺了。

後來才知道，初次的那種興奮並不是性的興奮，不過是單純違反校規的刺激感罷了。跟我父親一塊兒來給我上香的蘭子，我們從小學開始感情便很好，身邊的人也一直會開我們玩笑，說我們是一對，但是我從不會幻想著，如果我跟她單獨相處時會發生什麼事。

就是像這樣，一些小事情，好像總是缺少了什麼。不能說知道自己是什麼，反而像是知道自己不是什麼，敏郎懂我在說什麼嗎？

生活中也沒有什麼特別的人或事，會讓這種模糊的感覺出現清晰的聚焦，就這樣，糊里糊塗過著。但是，奇怪的事情發生了。

記得有一陣子，武打功夫片很流行，尤其是那種中國功夫打敗東洋鬼子的電影最受歡迎。我發現在看這些電影時，自己目光的焦點並不是所向無敵的男主角，反而是反派的日本功夫高手。大家都為男主角幫中國人出一口氣而大聲叫好的時候，我的腦袋裡完全沒有課本上教我們的，民族大義那些東西，我只顧目不轉睛注意著日本鬼子，當他們盯著對手時，那副彷彿在做愛般的表情。

像一隻野獸想要吃下牠的獵物，那眼神帶著憤怒的飢餓，陰險中又因負傷顯現出痛苦的猙獰，再加上反派角色那張骨骼線條特別明顯的臉孔，與男主角不相上下的結實身材，竟會充滿著讓我產生那種反應的挑逗吸引。

愛國抗日教材成了我性的啟蒙，敏郎也覺得好笑吧？

不應該有的期盼結果成真，倉田的身體引爆了我第一次與自己肉體慾望的正面接觸。

雖然澳州白人戰俘親吻日本軍官的畫面，讓我立刻回想起當年被倉田擁抱的一幕，但是事過境遷，我流下眼淚不是因為對倉田也有著和日本軍官一樣的壓抑愛慕。

我看到了那致命的詛咒一吻，就如同當年，我像是被蜘蛛網纏繞環抱，再也無法掙逃。

下一個畫面，我悄悄地尾隨在穿著日本軍服的男演員身後，在午夜的鎮上被人召魂似的遊晃。

走走，停停，好幾次我想回頭，但被那強烈的慾望牽引著，一步步走向了接下來不可自拔的命運。

一個布下的餌，迷路的魚就這樣上了鉤。

走進了戲院的地下室，才看見導演松尾正在那裡等著我。

月光從氣窗的鐵柵縫中射進，充滿了霉味與悶熱暑氣的密室，沒有人開口，只聽見三人微微的喘息。月光像水面上的反光，我們的呼吸震動起水面的紋波，看得見細細的灰塵在月光中打著圈圈。我在當下竟然沒有一點點的罪惡感，就這樣任他倆緩緩剝去了我的衣物。也許，那也像電影的一部分，十七歲的我分不太清楚，真實與幻覺的差別。我還記得，當時腦海中還浮起導演之前教我演戲時說話的聲音，他說，你要學會服從，你的角色面對戰爭的到來，無能為力……

我也曾一直在反覆思索，那句話為何會像咒語一般揮之不去？

倉田是個喜怒陰晴不定的傢伙，我對他只有純粹肉體上的感覺，打從心底我甚至有種想毀掉他的慾望。

松尾對我的好感，我從試鏡那天就感覺出來了。原來自己可以暗中掌握著看似權威的導演，我從一開始便陶醉在這種征服的快感中。

為什麼會跟他們發生那樣的關係？一直到現在，我也還在尋找答案。敏郎也迷惑了吧？那對我們這種人來說，性與愛有差別嗎？

敏郎問到我的痛處了。處在一個不接納我們的社會，我們只有一次一次短暫的心跳，偷偷摸摸地探索，沒有一段長時間，兩人可以平靜悠閒，不受異樣眼光的相處時光，永遠都像是在備戰狀態，處於槍林彈雨中。

在戰爭中……敏郎應該瞭解，在戰爭中你對幸福能有多大的奢望？如果不是因為戰爭，敏郎會被一時的性衝動剝奪了理智而強暴了少女嗎？也許你們會慢慢交往認識，手牽著手在河邊漫步吧？

＊

有愛上過什麼人嗎？這個問題好難回答。因為不知道，我們對相愛的說法究竟跟敏郎是不是一致的。

我就用松尾導演的話來跟敏郎解釋吧！他說，像我們這種被同性吸引的，大概都是有一種想成為對方的渴望。

想成為另一個男人的慾望，對我們這樣的人來說，總是迂迴曲折而且充滿矛盾的。總在征服與被征服中來回交換著角色，分明是你跟他，卻又像注視著鏡子般，鏡子裡的人有鬍渣、喉結，堅硬胸膛，是自己也是對方，像是翻轉著對彼此的幻想。

敏郎會覺得不可思議，是吧？

松尾導演還說，這種愛慕，雖然在性愛中得到某種暫時實現的快樂，但畢竟無法像男人女人，最後可以產生一個具體交合的結晶。也因為如此，從另一方面來說，那種成為對方的幸福感，是不需要生出一個嬰兒來做為見證的，我們更單純地只是為了成為對方而活。

更單純地只是為了成為對方而活⋯⋯松尾的這番話我第一次聽到的時候，莫名其妙地就被他感動了。

也許我一直不願意承認，我被松尾的權威成熟，一種在臺灣中年人中少見的紳士氣息所深深吸引。在拍片期間他的溫柔照顧，讓從小感覺不被重視的我，漸漸地對他產生了信賴。我卻不斷否認這樣的心情轉變。難以承認的原因，不光是我對另一個男人有了不尋常的感情，或是他年紀大我這麼許多，更因為他是日本人。在我父親眼中，他們是「日本鬼子」⋯⋯

敏郎，你們那時候又是如何看待完全皇民化、改日本名說日本話的臺灣人呢？

日本人幻想著臺灣人成為他們想像中的樣子，臺灣人也想像著成為日本人幻想中的樣子，這不是也很像某一種互相的引誘？

敏郎有沒有想過，日本人的殖民臺灣跟西方殖民政策不同在哪裡？

西方人是嚴禁自己人與殖民地人通婚的，認為當地人的血統次等低下。但是，日本政府卻沒反對日本人與臺灣人通婚。

剛才我沒提到倉田的長相吧？他的英俊臉孔與高挑身材，是日本人中少見的，應該是帶了一點混血。在戰後，日本被美軍類似占領的方式託管了，敏郎知道日本戰敗後，很多日本女人跟駐日美軍生下了孩子嗎？聽說還被暗中鼓勵呢，因為這是讓他們的人種變得比較優秀的方式，叫做優生學，敏郎聽過這個詞嗎？

後來，從我自己經歷的事件中，我發現松尾的解釋其實只對了一半。當你成為了對方以後，又會如何呢？他並沒有說。

我不否認在一開始，倉田的外貌是深深吸引我的。用松尾的話來說，就是想成為對方吧？電影剛開拍時，我總是目不轉睛地想多看看這個人，當他不拒絕或迴避我的注視的時候，好像就成為我在鏡中看著自己了。通常男人是不會接受另外一個男性這樣的目光的，不是嗎？

我畢竟只迷戀過倉田的肉體，沒有愛上過這個人，因為在電影開拍後不久，我就發現他並沒有我原先以為的那麼優秀敬業，常常反倒因為他的出錯而拍攝必須重來。真正的男主角是他，但在片場最常受到同仁稱讚的人卻是我。這個人，我很快就不但成為他，而且超越了。成為以後有超越的可能，那愛慕之情就會結束。

松尾沒說的第二種情形就是，如果一直無法成為對方呢？

後來發現，松尾會對〈君之代少年〉那篇課文特別喜愛，不是沒有原因。我為他扮演了那個少年的化身，但對他來說那仍是不夠。不知道為什麼，他對那樣一個少年形象如此癡迷。感覺上就像是，他在經由我的身體，想要成為那個少年。

松尾導演心中的少年形象，就是像這樣一種我無法理解的混種。到頭來，我不過是成了松尾在追尋這個形象的過程中必需的道具。

如果松尾不是日本人的身分，我想我可能比較容易看清，自己究竟是愛上了這個人，還是愛上了這種始終無法成為的挑戰。

當然，如果不是因為後來鎮上發生的那樁強暴事件，我跟松尾的關係在電影停拍後也許就結束了，我不會因此離家，投靠了松尾——

關於離家後的那一段，敏郎，我真的不想再提。在臺北那些年，我過的是非常糟糕墮落的日子。

我以為松尾對我的迷戀會持續下去。當時的我並不能理解松尾對我造成的影響，離家後，直接就面臨了現實生活的問題，他成了我唯一的指望，於是心中充滿了盲目的自信與幻覺：用我的肉體，要讓他對我死心塌地……

可笑卑下的伎倆，不單注定會失敗而已，更宛如一場惡性循環的賭注。賭下去的籌碼越來越多，代價越來越高，我不甘心放手。一度還以為，我的沉淪至少可以換得麻痺與失憶。但是——

松尾說走就走了，毫無愧疚，再也沒有音訊。

只能怪自己吧？我的腦袋那時候到底出了什麼問題？我事後告訴自己，因為我的腦袋裡裝的都是電影上看到的，苦命媳婦的俗濫情節，被丈夫拋棄的女人忍辱負重，終於讓浪子回頭。

但是男人與男人沒有婚姻。電影上男人女人的婚姻也不過是洗腦。而對松尾來說，我從來不是活生生的人；我只是一個替代品，一個幻象。能夠理解到這層時，一切已經太遲了。

＊

真正促使我離鄉的原因，並不全因相信了松尾的一番美麗承諾，而是蘭子。跟我父親每年來上香的蘭子，我知道敏郎對她一直很好奇。對不起，過去我也許沒有對你說出關於我的全部，但也不曾說過謊，只有蘭子的事除外。

她並非我父親的乾女兒。

唉，想你也早猜到了。

父親一生潦倒，隻身來到臺灣，沒有家人，連我的母親都棄他而去，他的性格古怪是可以理解的。雖然他對我的管教方式過於嚴厲，但是我並不懷疑他對我是關心的，只是他從來不知如何表達罷了。我這一生也只有為了拍電影那件事頂撞過他，現在才說或許他是對的，也只能算是一種自嘲。

再怎麼說，他是我僅有的家人，我卻傷透了他的心。

在拍片的那個月裡，我賭氣搬出父親的家，跟拍片工作人員一起住進了鎮上的旅社。

倉田、松尾與我完事後，通常各自繞路分頭走，最後不露聲色回到旅社，連次日片場相見也裝作沒事的樣子。

但是那一夜，離開了電影院的地下室，昏沉沉的我早已感受不到初次越過性的禁忌後那種激動，反倒是被一種空虛感漲滿。我被一種不知何去何從的孤單密密包住，我突然很想回家去看看。

我想念著打地鋪所睡的客廳磨石子地，還有那熟悉的，父親走到哪裡就跟到哪裡，永遠不散的新樂園牌菸味。但是等我走到小屋門口，我發現家中唯一的那臺腳踏車不在。我繞著竹籬笆走了一圈，確定父親並不在屋裡。

他會騎著腳踏車，三更半夜去什麼地方呢？猛然清醒過來的我，不自覺在附近的路上亂轉了起來。

父親的腳踏車被我找到的時候，是停在阿好冰果室一條巷子之外。我聽拍片工作人員私下談起過冰果室裡的勾當，當下有一種齷齪的感覺哽在喉頭，帶著苦苦的腥味。

好笑是不是？自己才剛做完那件見不得人的事，卻沒法接受自己的父親也許正在解決性慾。做子女的總是難以想像，自己的父母在做愛的場面吧？而我的父親平常又是一個看起來頂嚴肅的人。只能說，我雖已失去了童貞，骨子裡仍然只是一個孩子，從未想到過，獨立扶養我長大的父親，一個成熟的大男人這些年單身又是怎麼度過的？

但是冰果室的燈光已全暗，大門都上了板子。我正要轉身，回到父親停放腳踏車的地方，就聽見冰果室後巷裡，有水龍頭細細滴流的聲音。我沒想到阿好嬸這麼晚了還不讓蘭子休息。

蘭子真正的身分是冰果室阿好嬸的查某干，養女被養母虐待這種事，敏郎應該比我聽過的還多。我心想，那去看看蘭子吧，順便也許可以幫幫她的忙。等我走進狹窄昏暗的小巷，還沒見到蘭子人影，結果就先聽見了我父親的聲音。

我知道，他說。我還在籌錢，妳再忍一忍。

蘭子的聲音隨後回應：老羅，你要快。等養母逼我接客的那天，紙就包不住火了。我破過身一定會被發現的。

我整個人傻住了。楞了好幾秒，最後轉身拔腿就跑。不知所措的我一直跑，跑到了電影院，躲進了那間已成為我生命中最黑暗的密室。

父親不要我了，這念頭緊壓住我心頭。

直覺父親將和他人建立自己一個新的家，而那個人不是別人，竟然是與我從小一塊兒長大的蘭子！蘭子偷走了我的父親！他們怎麼可以這樣？

我覺得被欺騙，被遺棄，也被最親近的人背叛。不過一個夏天裡，我的人生整個都變了樣。

年輕的我當時想不通，怎麼會發生這樣的事？我既害怕父親的棄我不顧，也痛恨他隱瞞我幹下這樣的勾當，更難過的是，我再也回不去了，回去我原本的生活。那個能偷偷用補習費去看場電影就心滿意足的我，回不去了。

我決定要快點長大，與其說未來有一天，被父親和蘭子拒絕在他們新組的家庭之外，我寧願是自己先早一步離開自立。不懂事的我，甚至在心裡還拿父親和松尾作比較，反覺得發掘我、栽培我的松尾才是更關心我的人。

雖然暗暗做出離家的決定，但是和父親相依為命這麼多年，不是說走就能走。我的心裡還是惦記著他的，並且每天都在為他提心吊膽——萬一他和蘭子的事被發現了，阿好嬸是狠毒有名的，怎麼會放過父親？

＊

終於還是出事了。

那個夜裡，悶熱得一絲風吹都沒有，或許就是因為這樣的天氣，鎮上大多數人都難以入眠，當聽到阿好嬸沿街大呼小叫，不約而同都下床來想一探究竟。沒多久街口就聚集了不少好管閒事的人。

阿好嬸身後還拽著一個人，是咽咽哭泣的蘭子。

我才剛回到旅社準備就寢，才又讓性愛麻痺了我一個多禮拜來那擔憂又沮喪的情緒。從窗口看到這景象，我嚇得來不及穿鞋便奔下樓。

阿好嬸大嗓門要大家幫忙抓賊，有人剛才在她店後門對她們家蘭子毛手毛腳被她撞見了。

是哪個沒天良的欺負我們家蘭子，小孩子不懂事？幹出這種事以後生下的小孩沒屁股啊！我養了她這麼多年，給那個不要臉的男人白白撿去了，以後要她怎麼辦哪——

阿好嬸喊得驚天動地，拙劣的演技掩蓋不了她眼底貪婪奸詐的本性。派出所警察不一會兒也趕到了，大夥把阿好嬸與蘭子團團圍住。我看見蘭子瑟縮發抖的樣子，只是哭，不敢抬頭，我不能想像她被自己養母這樣公然羞辱，以後要怎麼見人？

更不敢想像，自己與松尾倉田的事萬一被發現，我還能不能有臉活下去？

阿好嬸，妳有看清楚是誰？警員開始問話。我一出來就給他大叫，那個人就跑了啊，暗摸摸哪看得清？阿好嬸撇嘴做出生氣的樣子。

完了！我第一個念頭就是，會是他嗎？

阿好嬸，妳都沒看清楚，我們要怎麼辨呢？有鎮上的人插話。阿好嬸兩道眉突然就像倒插的筷子一樣豎了起來：叫她自己來認啊！死查某囡仔，光會哭，看啊！鎮上的人哪個妳不認識？是瞎眼嗎？還是爽到眼睛都閉上了？——

她邊說邊一巴掌甩上蘭子的臉頰，把蘭子打得一步踉蹌跪坐在地上。她越是不開口，我內心的焦慮越升高，越發懷疑那個人就是父親。他的腳踏車還停在附近嗎？

我擔心極了，踮起腳尖朝人群裡巡望。父親不在人群裡。

如果真是他，此時車移走了嗎？我的腦袋裡裝滿各種猜想，直到聽見阿好嬸的大嗓門又吼了起來：不說是不是？

眾人看著她開始對蘭子又踢又踹，竟然沒有一個人上去制止。

這時候，我看見倉田遠遠出現在路的盡頭。

一瞬念，顧不得先打好草稿，便已聽見自己脫口喊了起來：我知道是誰幹的！——

他們沒有理由不相信我。

一個是我青梅竹馬的玩伴，一個是與我朝夕相處的工作夥伴。但在那個關鍵時刻，我一心只想著如何讓父親脫離可能的風險，忽略了躲藏在內心或許自己都不自覺的報復心，乘機已在蠢蠢欲動。妒嫉、恐懼、受傷、驚惶……種種混亂的情緒，讓我再開口時就成了這樣的版本：

是倉田！

我早就看到他們常常在眉來眼去！

如果說，當時我並無察覺的報復心，是暗想讓倉田背上汙名，讓蘭子把父親還我，幼稚的我完全錯估了。

沒想到對倉田來說，不過是賠錢了事，對他毫髮未傷。他自然是不會供出之前的行蹤與我們之間的醜事，反而，這更成全了阿好嬸的壞心眼。事後她還喜孜孜地對旁人說，還好是給日本人睡了，如果是其他人哪賠得出這價錢！

但是我的一句話，卻毀了蘭子與父親的後半生。

等到人潮散去，我在旅社的對街口才看到父親站在暗處的身影。我們對看了不知多久，誰都沒有開口，也沒有誰移動腳步。

原本應該為父親和蘭子祝福的。是我自己的扭曲讓事情走了樣。與松尾倉田鬼鬼祟祟偷歡的我，整顆心變得自私而黑暗，以至於我完全看不到父親與蘭子相愛的事實。在緊要的關頭，竟然被病態的想法蒙蔽，反而將他們推落了有口難言，再也無法公開戀情的困境。

究竟阿好嬸那晚看到的人是誰，已不重要了。這個鎮，從那一刻起已經變得太陌生。

除了離家，你已別無選擇了……當年在耳邊如警鐘一遍遍敲擊的回聲，我仍然不時會聽見。

離家是容易的，而回家的路卻是那麼長……敏郎，我結束自己的生命，並不是因為過去太過沉重讓我無法面對。

反而是接下來的明天，讓我再無任何期待。我已經是個沒有未來的人。

第三個畫面。

那天，那部電影，散場的人群。

一個熟悉卻又恍如前世記憶的身影。

這樣的巧合讓我震驚，完全沒有重逢的喜悅或心理準備。他把我丟下後回去日本，七、八年都沒有再聯絡過，而我也早不是當年讓他眼睛一亮的十七歲少年了。本來應該讓這一切畫下句點，我在心裡早告訴自己多少次，他並沒有真正在乎過我，但當他活生生又出現在眼前的時候，我竟然沒辦法放手。

從電影院出來已經是夜晚了，我藏身在人群中，一路不動聲色跟蹤，那情景像極了當年走在倉田的身後。不同的是，我們穿過的不是安靜無人的小鎮街巷，而是在行人如潮水的臺北街頭穿梭。

再度遇見松尾，迫使我面對了十年來一直在逃避的自己。我從沒有這麼清醒地睜大眼睛，把自己的人生好好看了一遍。當時，我已經知道自己不能活了。只不過我希望，走的時候，讓我的父親不要蒙羞，至少讓他還可以以為，他的兒子是一個清清白白、不帶罪孽的人。

沒有更好的方法能表示我真正想要贖罪的心情。

尤其當我想到，蘭子死去的女兒，可能就是流著與我相同血緣的親妹妹——

＊

我無法再開口，淚水瞬間決潰。

敏郎輕聲吐出了「我瞭解」後就沒有了聲音。

又再一度回到了等死的原點。

腦中一片空白，手背上卻竟然出現了溫度的感應。

起初是像被水滴濺濕的微弱觸感，我還以為是自己的眼淚。當溫度慢慢在手背上麻麻地漫開，我低下頭去才看見，原來是敏郎的一隻手扣按住了我的掌。

我們始終不曾有過碰觸。兩隻已不再有體溫的鬼，似乎是一直有意避免著，讓死亡的事實有再被提醒的機會；從來不曾嘗試瞭解，不能算存在的形體在相觸後，是否會帶來什麼更令人悲傷或震驚的意外。

當他伸出手時，是我的知覺反應出現太遲？還是兩隻鬼確實無法感覺到碰觸？但我不是沒有想過，在最後離別的時候，要跨過中間那道的陰影，給敏郎一個鄭重的擁抱。

沒有機會了。

而敏郎是什麼時候握按住我的呢？在我說完「回家的路卻是那麼長」嗎？

他想要告訴我什麼嗎？

沒有機會了。

但是他掌心傳來的溫度，並沒有隨著他的離去而褪落。我驚訝地看著我們兩隻平放疊握在一起的手，慢慢地，如同半透明的容器，從內裡散發出了燭火似的光源。

我甚至感覺到溫度在增強，好久好久都不曾有過的那種冬夜裡把手放在電燈泡下暖一暖的感覺——

我想要緊緊握起敏郎的手。看到了嗎？敏郎，別急，再多看一眼，你說像不像我們還活著的時候，回家途中老遠就可以看到自己家的窗玻璃上映出的燈光？

然後果真微弱的光源開始散發出越來越強的溫度，兩隻交疊的手掌如同發光體一般，在灰陰早暗的山林間，如壁爐火光似的照出了一室煦煦溫暖的想像。通明的燈火正在等著我們回家啊敏郎——

我的手心陡然握了個空。

短暫幾秒鐘的靜寂。

靈魂的光化入了四邊林木河水石巖，天地間只剩窣窣的微風，飄遊的聲音。

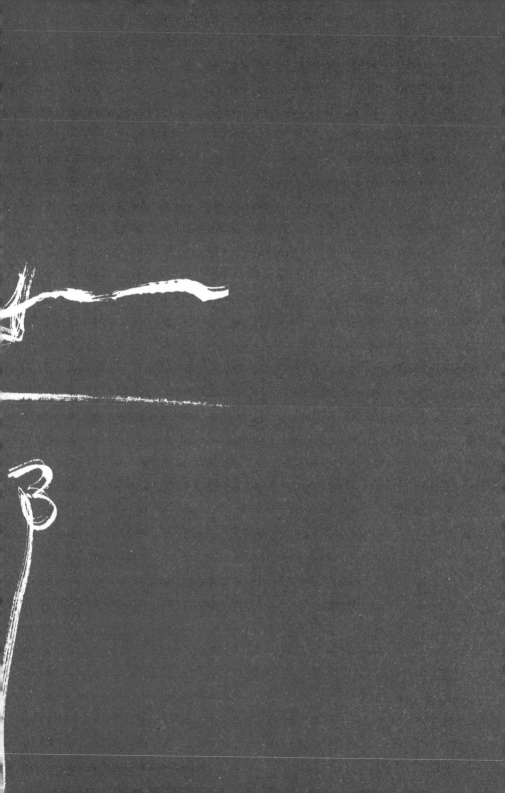

III——與君絕

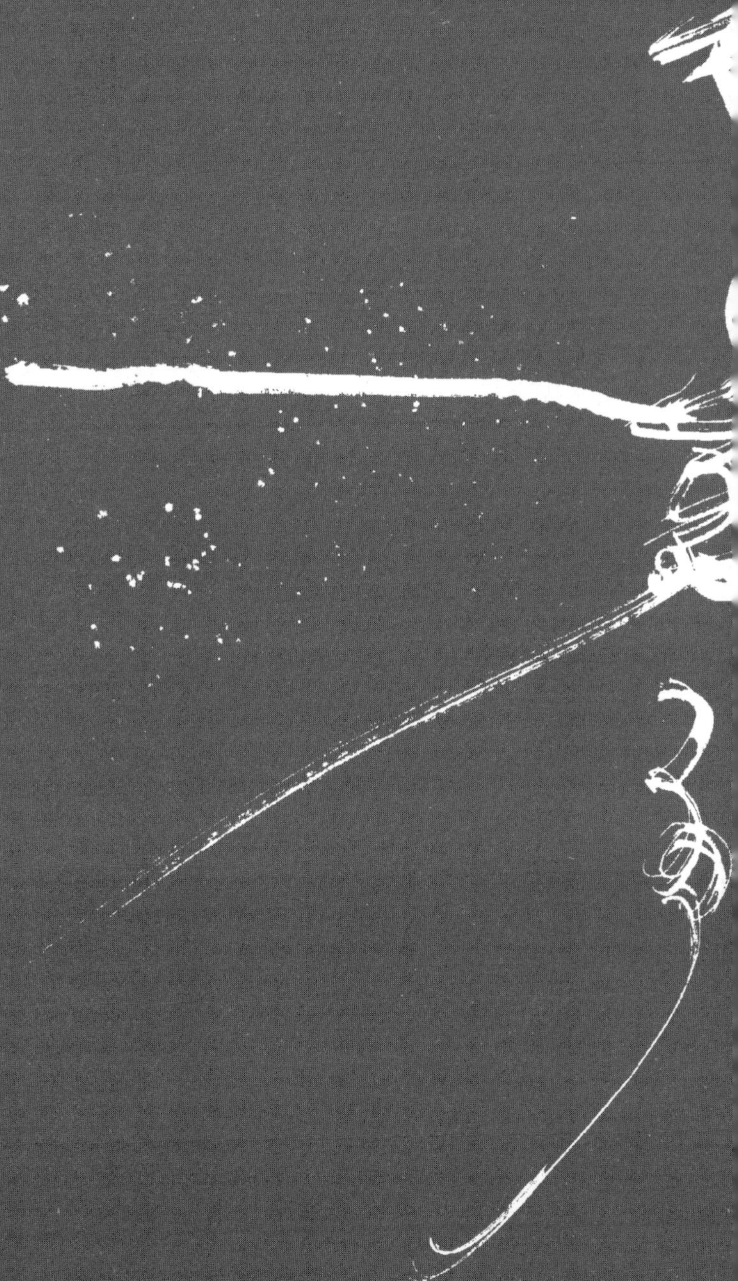

第十一章

當年計劃拍攝《多情多恨》的電影公司，舊址早就拆除重建。健二在西門町繞了足足兩天，全無進展。在加州地闊天高的環境中長大的健二，習慣的是寬長的公路、明亮的陽光與悠閒的步調。但是在臺北街頭晃蕩了兩天，健二便被這座城市的擁擠嘈嚷折磨出了黑眼圈。

橫衝直撞的摩托車如同滿地的機械昆蟲，永遠在他身邊揮之不去。還有隨處可見的推車小販，不厭其煩地與警察重複著捉迷藏的遊戲。更可觀的是到了傍晚，街巷中滿滿站立著手提塑膠袋等待垃圾車的民眾，那情景讓健二歎為觀止。

垃圾車以符合這個城市的一貫匆忙步調穿梭行駛，民眾慌張地以小碎步緊緊追跟上行駛中的大垃圾箱，看準空隙開始一袋袋空拋入箱。當健二看到行進的垃圾車上還放置著裝滿殘羹餿水的大桶，隨著車的顛簸隨時像要潑灑出來，他忍不住一陣反胃。而民眾依然能在追跑中把餿水菜湯倒入大桶，不被潑濺波及而全身而退，這個畫面簡直值得CNN全球播放。

但是這裡的人，他們在健二這個美國人眼中可謂惡劣的落後環境中所表現出的忍耐力與泰然，甚至是一種漠然，讓健二感到不可思議。

過馬路時迎面而來的行人彼此並不費事禮讓，到了對撞前一秒才微側半步，彷彿人體所需的基本私密空間範圍是多餘，人體不過像貨物一樣可以堆積綑綁擲放。一盆水就做起生意的路邊小吃攤販，照樣有顧客大排長龍，完全藐視現代科學對清潔的重視。

健二對美國式的大型購物商場、速食連鎖、劃一社區原本是相當反感的，那種無人性的單調與表面的現代，對當年還在讀大學的他來說，正是控訴美國白人主流意識型態的又一有力罪狀。但是，健二從沒有像現在身處臺北時那麼想回家，他終於發現加州還有令他懷念的地方。

而川崎突然無預警出現時，正逢他頭疼發燒已在床上躺了一天。他勉強穿好衣服，搭了電梯前往旅館大廳。即使在病中，健二仍警覺著不讓對方來到他的房間。他無法相信這個女人會帶來什麼好消息。

連臺北的天氣也都像是跟他作對似的，剛到的頭兩天豔陽高照，隔天就是冷雨颼颼。健二一出電梯便看見穿了一襲白色風衣的川崎，對比著他身上厚重的外套，那身影看來有些單薄。

他們在一樓的咖啡廳坐下。「我不是來道歉的，這是第一點。」

川崎沒有客套的笑容，但是一雙打量著健二的眼睛依舊犀利，仍是充滿著好奇。

「如果你想真正做好你的研究，你不能只待在學校裡，這是第二點。」

「我不明白妳的意思。」

「我那天為什麼會出現在飯局，你一定覺得奇怪。其實是，我聽說你要出現，所以主動要求參加的。」

川崎的舉止明顯地較那日收斂了許多，今天看起來比較像是一位跑新聞的人。健二端詳著她，只見她俐落地從隨身的皮包中取出一疊資料。

「好吧，我老實跟你說。你的研究計劃，跟我這兩年在進行的一項專題報導很相似。我承認，我有一段時候沒有用心寫些東西了，但這個題目，我是非常感興趣的。」

「妳跑的是新聞，我寫的是論文，妳放心，我不會搶了妳的舞臺。」健二也決定單刀直入。

「正因為領域不同，我們才不必競爭，才有合作的可能。而且對你來說，我想，更是一種需要。你不覺得，要真正打進這裡的圈子，其實不容易嗎？尤其像你，我看出來了，你對這裡微妙的文化氛圍十分陌生，若想要得到一些真正的內幕，做為你研究上的大突破，我想我是可以提供一些協助的。」

「聽起來好像十分感人，妳我畢竟都是同樣血統，所以應該彼此照顧。是這樣嗎？只是，我很難相信，這是妳所想要的啊。」

川崎沉默了兩秒，然後用手撥開額前瀏海，高聲笑了出來：「你把我想成很壞的女人呢，健二。」

我要的是被肯定，健二。

我花了十年的青春在中國、臺灣兩地跑，我以為我比當年所有的人都更有風向敏感度，所以我以為我會在中國臺灣的關係發展上，占到最有利的新聞位置。但是我忽略了，這兩個地方的人跟日本人一樣，是看輕女性的。我甚至不惜以身體交易，以為能挖掘到一些讓人刮目相看的頭條。但是，如果你對這裡的政治還有一點點認識的話，這些年是政治口水與謊言滿天飛的時代，一層一層的利益糾葛讓所有的真話都被封鎖。幾次的消息錯誤，讓我變成同業的笑柄。我終於也厭倦了。看著十年下來，只淪為寫一些旅遊美食花邊新聞的我，自己都感覺可恥。

健二，你坐在那兒不出聲，我幾乎要把你當成一個日本人了，竟然就這樣對你吐露了我心中的怨氣。其實還是應該要提醒自己，你畢竟是美國人。你不會瞭解的，我做為一個日本人，努力地學習中文，又選擇了來到臺灣，我對於這兩個文化究竟抱著怎樣的心情。

日本人對中國與臺灣做過的事實在是太可怕了。我只能這樣說，當我第一次讀到南京大屠殺、滿洲國進行的活體細菌實驗，幼小的我害怕得簡直無法睡覺。我不敢相信做這些事的，也許就是像巷口開食堂的老伯、學校種花的大叔那樣的人，他們曾經去過中國戰場，回到日本後又與普通人無異地繼續生活著。

至於臺灣，那又是另一個故事了。臺灣人三個字，在老一輩的記憶中是說著福佬話的支那人，縱使皇民化運動讓許多臺灣人改掉了他們原本的姓氏，但是臺灣人永遠成為不了真正的日本人，只不過是與支那永遠分隔了，大概殖民主義的目的就是如此吧？

那天當我問你知不知道本省人與外省人的差別時，我其實是在試探你。我雖然是一個外來者，但是我總幻想著，老是在寫著無聊的旅遊文章的涼子，也許也可以做出一些令這裡的人、甚至日本的同胞感動的事呢……

我要說的是，你竟然用郭鎮華先生的電影公司回答了我的問題，讓我在驚訝之外，更相信這或許是一種不可說的命運使然。

好吧，我就不再拐彎抹角了。健二已經露出了不耐煩的表情了喲。

但是，當我告訴你之後，你不可以發笑。我說過了，涼子也有想做一些被人肯定的事的時候。

我早在幾年前就開始訪問一些曾經與日本有過合作經驗的本地電影工作者，當然也碰到過當年在「長河公司」裡服務過的員工。在中國東北長大的郭先生，因為生活在滿洲國的緣故，日語非常流利。這些背景，不必我再多說了。一心只想著能讓臺灣電影產業起飛的他，並沒有雄厚財力，卻從日本請來重要的日本導演，來臺灣拍攝臺語電影。做著這樣的電影夢，最後當然賠光了投資。

可是在當時就有一些這樣的傻子呢！被日本人欺侮過的中國人，在臺灣又決定與日本人合作，拍攝給不會中文的臺灣人可以觀賞的臺語影片。而那些陸陸續續來到臺灣來拍片的日本導演，他們又是帶著什麼樣的心情，重回到曾被日本殖民過的土地呢？

都只是為了電影而已嗎？還是潛意識中，他們也像涼子一樣，希望戰爭的記憶能夠從此放下，在共同拍攝電影的過程中，開始釋出一種化解的善意呢？據說也有一些攝影師或技術人員，後來就在臺灣留了下來繼續拍攝國語電影。

好吧，我已經從你的表情看到，你正在疑問著：那麼我對你究竟有什麼目的？

涼子被這裡的人稱作「臺灣通」，但是她心裡清楚，她並不是真正受到尊重的。現在她想做一件事，她需要被臺灣學界看重的松尾先生的協助，讓大家知道，涼子的想法是有價值的。

這裡的觀眾已經沒有多少人記得，當時的外省人、本省人、日本人一起打拚臺灣電影的那段過去啊！我要讓那一代還在世的電影人再度相聚，把拷貝修復，舉辦一個屬於他們的影展。你不會覺得我這個想法很可笑吧？健二，我是個不甘心的女人喔，我至少要讓自己完成這件事，以後才能驕傲地回到日本去……

健二的眼睛告訴我，他有很多想法。究竟在想什麼呢？說來聽聽吧！

我可以接受實話實說，你可以現在就拒絕我或更正我，告訴我這一切構想得太不切實際，那些電影根本沒有我以為具有的價值，我都不會在意的。一直都不說話的健二，你也好歹說兩句吧……

健二無法不對川崎的話存有許多保留。

在那日午餐後，他曾經上網搜尋了她所寫過的文章，並不如她口中所說的，淨是一些無聊的旅遊花邊。

或許可以這麼說，在看似生活化的題材中，川崎總暗藏了在健二看來特定的政治暗示。

他眼見過川崎那天的社交手腕，今天的轉變難說不是她另一種的演出。真實的面貌，或許是字裡行間裡隱藏的那個驕傲的日本人，而不是眼前這個自稱被看輕的女性。

健二記得在一篇紀念某位從臺灣去了日本大紅，又在一九八〇年代風靡中國的女歌星逝世周年的文章中，她突然岔題寫下一些話像是「鄧麗君、龍應台、侯孝賢他們說的是跟馬英九市長一樣的臺北國語」、「鄧麗君身材修長、皮膚白皙，是外省人的長相，跟此地的本省臺灣人較瘦小、皮膚較黑是不一樣的」、「鄧麗君的父親是隨國民黨來臺灣的軍人，因此她經常勞軍，在國民黨時代有所謂『軍中情人』稱號」……。

在介紹臺北居酒屋文化時，因在店中看見一群年輕人在酒後唱起歌來，也會別有用心地作起文章：「他們唱的是在中國走紅的任賢齊的成名曲〈心太軟〉，而不是像本土巨星江蕙、蔡小虎的臺語歌」、「沒有聲音的族群，想找到一首可以合唱的曲子也是不容易的」……

健二雖對臺灣這座島上的政治沒有深入的研究，但對過濾解讀文字中埋伏透露的訊息自有的敏感，是經年累月訓練累積的成果。不必是人種學專家都知道，在現代二十一世紀，沒有人能純粹依據膚色或身高，便指認出一種國民的長相特徵吧？

川崎絕非無知至此地步，為何卻如此籠統概括出一種臺灣本省的相貌？而白紙黑字寫下的這些觀點，在此地並沒有引發爭議反擊，這才是更有趣的地方。

讓健二失笑的是，像他這樣對島上的族群政治毫不感興趣的人都看得出，「臺灣人」在她的筆下，不是本省人亦非外省人，不過是連自己該唱什麼歌都不知道的人。是需要跟中國切割才可領有她所頒發的血統證明書的浪民。純粹的臺灣人？不過是仍自以為高高在上的浪漫幻想吧？

好笑歸好笑，老實說，健二並不在意川崎的政治立場為何，因為根本無關他此行的目的。

這是她與此間政治的雙人舞，她愛怎麼跳就怎麼跳下去。這個精明的女人，是想在島上政治風向轉變前，趕緊做出一些投機的表態動作吧？

然而健二仍不得不深慮，川崎涼子是否真的能助自己一臂之力？健二知道，他若繼續一個人摸索下去所將面臨的瓶頸。

但是那又對我何傷呢？健二揣度著川崎所提出的合作建議。我若為她的本省外省日本臺灣大和解的臺語片影展背書，她協助我盡快查明祖父的臺灣行蹤……

但是，川崎壓根兒是個機會主義者啊！這與他做為文化學者反對霸權的信仰是如何嚴重牴觸。

在這件事上，有必要擔心這可能成為一次出賣自己的交易嗎？健二掙扎著：我是否有點在太小題大作了？

他不喜歡川崎涼子。但是，如果真如她所言，她對於四十年前臺灣電影界已有掌握，以她的人際往來狀況，一定會有事半功倍的效果。只是這樣一來，自己和松尾森的關係便要曝光，家族醜聞也將被外人窺曉……

健二想到了哭泣的父親。

在他臨行前某一天，父親沒有事先聯絡便出現在他居住的公寓。

那晚用過餐後，他們席地而坐，在兩人之間的地板上放了一瓶大吟釀，沒有喝清酒的小酒杯，一杯杯清酒就斟入圓柱形飲水玻璃杯中。但是如此隨性的對飲，並未減少父親充滿懷舊的激動。

「地上是榻榻米的話，那就更好了呀！」父親說了好幾遍。

「等我從臺灣回來，以後我們就常常這樣喝一杯吧！」

「真的嗎？不過可別讓你母親知道哇！呵呵……」

「看來我得想辦法去訂製一塊榻榻米喔！」

不知是因為逐漸不勝酒力，還是父親本來就有心事，酒瓶快見底的時候，他變得靜默了。垂頭呆坐了半晌，才又看見他抬起一雙布滿紅血絲的眼睛，狀甚惺忪。健二才發現讓父親紅了眼睛的是淚，不是酒。

「我跟我自己的父親，這一輩子沒喝過一次酒……健二，你知道完全不被父親喜愛，那是什麼感覺嗎？」

健二，我雖然心裡非常不願意，卻還是讓你去念了電影，就是不希望你有一天會恨我。我知道，兒子對父親若是心存了怨恨不諒解，那是比任何衝突都難化解的。

我自己就被對父親的失望與懷恨折磨了一輩子。大學畢業後找到了一份不錯的工作，與你母親在東京成家，以為小時候被人指指點點的痛苦記憶終於可以放下，沒想到你的祖父在這個時候突然出現了，中間相隔了近二十年。我更不能明白的是，你的祖母為何要把我的下落告訴他，她不是應該比我受傷更重嗎？這個男人毀掉了她的人生，至少我還有一個新的人生在等著我。事後，她只跟我說了一句：他畢竟是你父親啊……

女人總是這麼傻。但是，如果沒有了女人，全是男人的世界真不知會變成什麼樣子？人們會形容女人小心眼，我是不這麼認為的。我從我對父親的態度中體會到，男人才是更記仇的。女人斤斤計較細節，常常是因為男人不問究竟就陷入了頑固的堅持，最後你死我活、同歸於盡都在所不惜。但是女人才是懂得要如何生存下去的。

男人的愛恨是盲目的，女人的愛有時看起來很傻，其實是理智的。我的母親對父親一直還有愛，這點我真不明白，但是會心存敬意。小時候若被人譏笑，我總會咒罵起不知下落的父親，但是母親卻會說：要感謝你的父親，否則我怎麼會你有這樣可愛的寶貝呢？

為什麼要跟你說起男人和女人的愛？我再說下去，你也許就明白了。也許你們這一代比我有知識，比較能瞭解人世間那些不尋常的事。我們這一代生長的背景，這些事是不能討論的，我只有自己一點一點慢慢咀嚼思索，為什麼會這樣子呢？或許我想的還是完全不對也說不定呵……唉唉，你的祖父，我的父親，就是一個這樣讓人煩惱的人哪！沒想到原以為都過去的事，現在又輪到了健二在為他所要的答案傷腦筋了。

一九八一年，你的祖父突然跟我聯絡，我帶著我新婚的妻子，跟他約在銀座一間很熱鬧的漢堡速食店。選這樣的地點，就是不希望會面拖得太長，吵鬧的地方可以避免太多不適宜的話題。他那年五十好幾了吧？但是一副保養得很好的樣子，體格跟你看到的那張唯一的相片中所差不多，瘦高卻仍然結實，不同的大概就是他剪了一個軍人式的平頭。我開門見山不客氣問他：為什麼要找我？他不直接回答我的問題，先跟我說了一些他在電影工作方面的情形。

我記得的父親，一直是冷漠又帶著一點驕傲的，但是這時的他明顯變得溫和許多，他甚至很謙虛地說自己一直是個二流的商業片導演，日本新一輩電影人的觀念手法都與傳統日本片出現巨大差異。他講了一堆我其實並不關心的有關電影業界的事情，然後我才聽出所以然，意思就是他在日本越來越難混了，但是臺灣的電影水準還沒那麼進步，他打算移往臺灣發展，趁他還有一些關係在的時候。

我需要知道你去哪裡嗎？我當時覺得他真是無聊而不免怒氣上升。這二十多年來你去了哪裡都不關我們的事了，現在來說這些要做什麼呢？他有點不好意思的樣子，隔了一會兒才回答我說：這次不一樣，他去了就不回來了。

我看你是又惹了什麼麻煩吧？繼續逃跑吧！我記得自己用非常鄙視的口吻回了他一句。

健二，你的祖父，他當年是因為被人控告了。這真是難以啟齒的醜事。你是成年人了，我現在就告訴你吧！他被控告跟一個十七歲的男孩發生了不正常的關係。知道我的意思嗎？

雖然找不到最後判刑的罪證，但是在當年風氣如此保守的小鄉村，這是驚天動地的大事。他當然無法在老家繼續待下去，而我就一直被稱為那個變態男人的兒子。你現在知道，我為什麼會這麼怨恨他了吧？

對於一個男人來說，知道自己父親有過這樣不正常的行為，會覺得那就像自己血液裡有病毒潛伏般可怖的。你的祖父在面對我的鄙夷時，竟然跟我說，那不是真的。他沒有猥褻未成年的少年。那你為什麼要逃呢？為什麼這樣見不得人的控告會找上了你，而不是別人呢？我問他。

你的祖父竟然給了我一個比他承認猥褻更教人覺得不堪的答案。他說，他跟那個少年是彼此相愛的。

健二，這種事，這種事你能想像嗎？這比他只是對一個少年做出了一些不好的事更讓我覺得受傷。

我當時年紀還小，對事件的印象是模糊的，大概有聽說了一些什麼，因為村中有戶人家在父親離家後不久也很快搬走了，這兩件事一直在記憶中是相聯的。聽他這一說我就想起來了，那戶人家裡那位少年的模樣。

父親——不如就稱那個男人算了——他在村裡經營了一家小食堂，鄰居們來來往往總都打過照面。那個男孩子還在念中學吧？個頭不高，有一雙大眼睛，我記得他常常穿著制服下了課來吃麵。當年我們一家吃住都在那間木房子裡，母親在後面廚房負責切洗，比起總給人一種距離感的丈夫，她是個更不善跟人招呼的傳統妻子。他們在做生意的時候，我如果不是在街上跟其他小朋友玩耍，就是在食堂角落油膩的桌上寫著討厭的作業。那個男人不時會吼我一句：坐要有坐相、也不會幫忙收收東西嗎什麼的……

那個少年都在晚上差不多六、七點鐘的時候出現，店裡不太忙，少年靜靜吃著麵，老闆抽著菸默默坐在櫃檯後。但是我記得每逢這時，我無論怎麼調皮不聽話都不會被斥責，也許就是因為這個緣故，才對那個少年來店裡特別有印象吧？

結果整件事和我的記憶之間竟有如此大的差距，原來一切根本只是騙局！如果真如那個男人所言的話，那他們兩人真是非常無恥，竟然在我面前公然上演過這樣露骨大膽的眉目傳情，而我的母親，她就在布簾後埋頭洗著一大盆的髒碗筷……我到那時才知道，我的母親在這場婚姻裡經歷了什麼，她對我隱瞞了什麼。我甚至不希望我身上流的是這個男人的血。

你為什麼要跟母親結婚呢？我想不出其他的話來，只能像傻子一樣問他：你真的是我的父親嗎？

我是你的父親，你絕對不可以懷疑，這對你母親是大大的不敬！他說。

可是你騙了我的母親，她到現在還護著你！

雖然是人來人往的速食店，我還是失態地大聲喊了出來：你有愛過你的家嗎？你有在乎過我嗎？既然你把我和母親只是當做你的一個工具，你憑什麼以為我會把你當人看？你是人嗎？你覺得你配當我的父親嗎？

要不是你的母親用力拽住我，我一定會衝上去把眼前的男人拉倒再一陣踢打。雙手緊緊扳住桌角的他，用力地朝我把頭一垂，以哽咽的聲音不斷說道：對不起對不起……但我絲毫沒有感覺。

松尾森這個名字，從那一刻起我決定，永遠丟進記憶的角落。在那次會面之前，我還曾為他的棄家找過許多理由與解釋。灣生的他也許經過了很多我們無法想像的戰爭殘酷。你的母親也這樣勸我，企圖化解我對整件事的不安，她仍然相信你祖父可能受過什麼刺激。但是把一切都推給了戰爭，是不是也太不負責任了呢？我有時懷疑，是不是該顛倒過來解釋？根本是因為這些不尋常的人性難以理解，所以人間才出現戰爭吧？

唉，只是想告訴你，我所知道的關於他的最後消息罷了，沒想到會把整件事全盤托出了。

說穿了，他是個不懂得自己身上原來帶著腐敗氣息的人。

那天的會面，從第一眼看到他我就有這種感覺，等聽完他的話我便恍然大悟了。他沉淪在他以為的那種不正常的愛裡，外表看起來雖然時尚光鮮，但是已經散發出不自知的垃圾般的汙濁之氣。我曾經跟自己說，這樣的病態氣息就到我這裡為止吧，兩年後有了外調機會，我毫不遲疑便接受了公司的安排，就是不想讓你再與這樣醜陋的家族故事有沾染，結果沒想到，你最後還是發現了那個男人遺留下來的線索。

去吧！見到他不要提到我，他若已死，也別帶他回來。他是不祥的，被他沾惹到只有不幸。

答應我，這次去過了，以後就不要再提了。

過去了，結束了，你現在是美國人，我也早就不認這個父親了。

我只有這樣的要求，你聽進去了嗎？

如果松尾森真的還在世上，就在這座島上？……健二此時的心情只能用無助與淡淡的哀傷來形容。

「川崎小姐——」經過了第一週的毫無頭緒，健二明白想要弄清楚祖父羈留臺灣的原因，恐怕沒有原來想像中容易。

「叫我涼子吧！」

「好吧，涼子，妳能證明，妳有一些我沒有的能耐？」

「你要出題了嗎？」

「如果我們要合作，我也沒必要瞞妳。我的祖父，他曾經也是來臺拍電影的日本導演之一。他消失了，在臺灣……」

川崎涼子挑了一下眉毛，彷彿兩人之間立刻已經有了一個共享的祕密。

健二長長吐出了一口氣，話已出口便無反悔了。

諷刺的是，他竟然在那個當下才真實感覺到，他的確已踏上了祖父的出生地，那個叫松尾森的男人，唯一的故鄉。

第十二章

昭和十六年一月十三日。

一早起傭人們便為林家老爺這日要出遠門在忙進忙出，準備早餐的，搬運行李的，備車洗車加油的……各司其職，不見何人偷懶。

祖業做茶的林家現在已是第三代接手經營，林老爺在大稻埕的商界也算大有來頭，富甲一方的人物。林老爺的父親個性保守，兢兢業業只顧看好生意，與日本政商較少往來。到了林老爺接管繼承之後，一方面個性使然，一方面正好趕上臺北博覽會這個百年難得盛事，他積極參與了協助日本招商籌備的工作，自己的生意也藉機迅速拓展。事業更上層樓後，便在宮前町購地大興土木，將一家人從已居三代的建成町老宅，遷到了在臺北都仍少見的這幢西式花園洋房。

簡單用了早點後，老爺便先回書房整理公事。這時，日籍女傭阿春剛去應了門回到客廳，揚著手裡一封電報，便朝飯廳裡用膳的太太與少爺喊著：「小姐來信了！」

老阿公過世後，家裡人口倒也簡單，大女兒萬水早早就送去中國念書了，剩下獨子江山去年剛進臺北帝大念一年級。

別人家千金頂多是送往日本，念個貴族的新娘名校，阿公卻讓萬水進了中國的復旦大學。孫女從小比弟弟會念書，阿公認為時代不同了，女孩子也要受好的栽培。這是一種說法。家裡人卻都知道，阿公疼長孫女，生前最擔心萬水嫁了日本尪，送去中國比較安心。萬水果然跟系上一位剛留美回國的年輕教師有了好消息，計劃著清明節前後，要帶著這位阿那達回臺灣見見父母家人。

林太太讀完了女兒電報，便順手傳給了身邊的兒子江山。電報上說兩人回臺日期要提前，過年前便到，江山笑說，姊姊真是性急，兩個月也等不得，看來是非嫁此人不可了。

「你能同姊姊一樣能自己安排，免我操煩，我就萬幸了！」母親白了兒子一眼，仍是滿臉寵笑：「你今天打算做什麼？一放寒假就整天不見人影。好不容易逼你考上了大學，就沒看到你有在念書！」

「妳忘了我們要去看李香蘭表演？在大世界館，昨天首演好轟動呢！」

「這樣嗎？哎呦，我趁你父親出門，今晚約了要去你阿妗家打麻將哩！他在家的時候我哪裡能——」

「我聽到了。」林老爺手裡提著公事包又出現在飯廳：「妳去打牌，又怕輸錢，別怪在我頭上。」接著用手指著兒子：「你，這幾天我不在就乖乖待在家。那個日本婆唱歌有什麼好看的？把票送去中村社長那兒，這陣子出貨他幫了不少忙。」

「歐多桑——」林江山立刻拉起了喉嚨抗議。

「這麼大個人還裝小孩撒嬌，好意思喔！」母親朝他擠擠眼，暗示他別跟父親頂嘴，等他出門後再作安排：「你看，人家阿森都在笑你了！」

進來收碗盤的新來工人慌慌張張朝太太少爺鞠了個躬。林江山從位子上跳起來，在阿森剃得青光的頭上一拍：「你敢笑我？」

父親見狀又一聲喝斥：「胡來！別欺負阿森。」

端著托盤轉身回廚房的路上，趁沒人注意，阿森臉上偷偷漾起了一抹微笑。

他才來林家三個月，原本是在建成町一家日本人的食堂裡當學徒。林家女傭阿春經常騎著腳踏車來這裡附近老市場買菜，路過食堂時總會進來，帶一兩樣現成的小菜回去。其實食堂裡的人都看得出，阿春是藉機找阿森聊天。

阿春還比阿森大一歲，今年十八，圓團團臉沒什麼心眼，因為同樣是窮苦日本移民家庭的孩子，她把阿森看作自己人，該訴的苦，不該說的東家八卦，一見面就對阿森說個沒完。

她對阿森的示好也算是夠明顯了，但阿森不太多語，十七歲個子就竄高，看來像個男人了，但其實還是個孩子，連食堂老闆都暗地叫阿春多放點心在工作上，省得三天兩頭忘了零錢或漏了採買。

林家人口雖不多，但府邸進出的政商人士不少，要維持一定的場面，從司機園丁到廚子管家都得到位。原來的老人李嫂，伺候了他們家兩代人，近些年幾乎就在半退休養老了。阿春人老實，手腳卻沒那麼靈巧，打掃應門這些都還行，廚房裡的事就成了問題，切根蔥端鍋湯都讓人旁邊看得一頭冷汗。阿春不放棄，聽見李嫂跟太太說，還是再添個雜工吧，便厚著臉皮推薦了阿森。

阿森能粗工也能細活，在食堂裡工作的經驗也全派上了用場，很快在林家就被上上下下的人稱讚。

介紹阿森來上工，這事本來堪稱她阿春此生最得意的成就，但原本因近水樓臺而暗地雀躍的心情，最近竟產生了微妙的變化，有時對阿森說話就少了往日的好聲好氣。例如她剛瞧見少爺在阿森頭上戲謔地一拍，不知怎麼地，心裡頭就有種說不出的悶悶不樂……

傍晚，傭人們早早把飯吃了。老爺出遠門，太太去打牌，少爺也歡歡喜喜去看那個李香蘭登臺了，這一天屋裡難得輕鬆像放了個假。一月天冷，每個人飯後都躲在自己房裡，阿森卻一個人來到後院的石榴樹下。

從這兒可以看見二樓少爺房間的窗口。他夜裡沒事都愛站在這裡。夏天裡窗子推開，少爺房裡的留聲機送出不知名的國外演奏，陣陣飄進院子來。冬天窗玻璃緊掩，書桌上燈光映出一方昏霧，看得見天花板上拖出一個長長的人影，深夜裡少爺總在房裡走動著不就寢。今晚，那房裡是黑的。阿森一直在等待著何時房裡燈光會亮起。

阿春不知何時來到了身邊，遞給了他半個橘子。「噯，聽說少爺不學好，太太想趁小姐這趟回來，安排把少爺一塊兒帶去上海。」阿春邊說邊把籽朝石榴樹下吐去。

「什麼意思，不學好？」

「就是交了些奇怪的朋友啊！太太一說讓他去看戲，我就看他梳頭換衣，沒一會兒工夫就出門去了。」

「唔。」阿森含糊地應了一聲。

他想幫少爺說話。他有時候會見到少爺的那些朋友，老遠就站在巷口等他出門。並不是本島臺灣人，反而都是日本人，年紀看起來都比少爺大一些。

他想說，少爺還年輕，那些人看起來就是在巴結他的，誰教他們家這麼有錢有勢？

不是每個日本人都有機會認識有社會地位的人。聽說，少爺念中學的時候，日文成績一直不好，在學校裡常被日本同學欺侮。反倒是校長主任導師會對少爺特別照顧，藉機想要和他們陳家拉攏關係。

但是少爺都是在哪裡認識這些吃喝玩樂的朋友的？他又覺得無法自圓其說。

「早上少爺幹麼打你的頭啊？」阿春又問。

「不是打啦，是拍了一下而已——」

「拍了一下嗎？那更奇怪了。怎麼他從來沒拍過我的頭？」

阿森感覺好像說謊被人逮住了似的，一下不知該說什麼好。半天，他才緩緩回了阿春一句：「妳為什麼希望，少爺拍妳的頭？」

「因為我看見阿森笑了，從來沒看過阿森有過那樣的笑容，很想知道被少爺的手拍到，有什麼特別的？」

「別、別胡扯了！」

阿森三口兩口把剩下的幾瓣橘子塞進嘴裡，便趕快回自己的小房間了。他怕自己臉紅被阿春看出。想到少爺觸到他時的感覺，他便有種心悸的感覺。

有這種反應不是第一次了。少爺確實愛捉弄他，那種被撩戲的感覺跟在食堂當學徒時，被其他年長工人惡作劇修理時的委屈是完全不同的。少爺搔他癢，潑他水，甚至有一次要他站好勿動，放了一隻小毛蟲在他脖子上，然後他們一道看著毛蟲一弓一弓往他的胸口爬去，慢慢兩人的呼吸都調和成蟲蠕的節奏。雖然目光都集中在那小生物的路徑上，彼此眼神並無交會，他們卻又同時默契地忍俊不住，放聲笑了出來。

阿森並不覺得少爺是在欺侮他，反倒讓他覺得少爺很孩子氣，對家裡第一次雇用的日本灣生雜工難掩好奇吧？或者，他在用一種奇怪的方式在接納阿森，像是知道阿森孤單打工的寂寞，無非故意想逗對方開心而已……

但是，怎麼可能呢？想到這裡自己都立刻搖頭。雖然是被日本統治的本島人，但是少爺仍然是高高在上的啊！

他不知不覺睡去了，還做了一個奇怪的夢。

夢境的地點究竟何處呢？

夢裡的阿森努力覷眼仍看不清明。一會兒像是在他睏睡的這個窄小屋寮，光線朦黃，一會兒又像是在少爺的房間，一塵不染。可是他並沒有進過少爺的房裡啊！少爺要他換下汙損的工作服，拿出衣櫃裡他自己訂做的西裝要阿森穿上，「我們去看李香蘭！快快！來不及了！」——

才接過對方遞來的衣架，下一秒又變幻了場景。他正經過一條昏暗的甬道。穿著筆挺嶄新的上衣，手腳都不聽使喚，難為情地移動著步履。直到盡頭燈光通明的前廳赫然出現，原來是他之前學料理手藝工作過的「千島屋」。

少爺穿著一套與他剪裁式樣一致的進口毛料西裝，站在食堂中央朝他招手。少爺身邊兩側站著店裡的員工，每個人都面帶著微笑，一點都不像是從前幹活時總愛對他這個新來的學徒大呼小叫。他好奇是不是因為穿了少爺的西裝，這些人都沒認出來他就是阿森啊？

夢裡他一直急於想找一張可照見自己模樣的鏡面，但是左看右看都是店裡那一張張面孔。少爺的催促又起：「我們去看李香蘭！快快！來不及了！——」說完一溜身不見了蹤影。

他急抬頭尋找，發現場景竟已換成了在東部故鄉的老家，眼前是一排不整齊、蛀爛牙般的破街坊，擠在窄暗的長巷中，左鄰右舍都是那種木板搭建，須微蹲身才能進屋的那種窮人窩。

阿森急了，已經看見瘸著腿又醉醺醺的父親出現在小巷的那一頭，他忙轉過身，不能也不想被看見，但父親的手卻已早一步抓住了他的衣領。夢裡的阿森仍清楚意識到自己身上的那套西裝名貴，他只擔心會被父親粗魯的動作汙髒損壞。果不然父親動手就要來剝他身上的衣物，一邊狠狠地恐嚇：這一定值不少錢吧？這些年你都躲到哪裡去了？沒消息也就算了，連一分錢都沒寄回來過！好歹也把你養到十五歲，就這樣白白放過你嗎？哈哈哈被我逮到了吧！看你逃到哪兒去！……

不能、不能讓父親跟上來！一定不能被這個醉鬼找到他現在的棲身之處！少爺人呢？更不能讓父親發現，少爺跟他要去看李香蘭表演啊——為了脫身，不得不讓醉漢父親扯下他的上衣。待會兒少爺問起上衣哪裡去的時候要怎麼回答呢？衣物就這樣輕易被搶奪去了，那是少爺的東西啊——

「快快，我們來不及了！」哭泣中的他感覺有人在他頭頂上拍了一下。他認出那手掌的觸感。但是為何只有聽見少爺的聲音，人呢？猛然眼前一黑，隨即屋塌牆毀，身穿支那藍布衫的男人們，慌張地從碎石瓦堆中拖出一個重傷的男孩。少爺站在旁觀看著，回頭朝他注視一眼，也不等他回應便跟著那幾個抬著生還者的男人隊伍走了。不要過去啊！——阿森叫喊著，但是少爺不理會。這歷劫的景象——

夢境裡一閃跳進了學校念書的記憶，全班小朋友正朗朗唸誦著課文〈君之代少年〉中昭和十年發生的本島大地震。他回到了他所讀的小學。眼前是一間間被臨時充當救難所使用的教室，走廊上傷患不停地被緊急運送，手忙腳亂的醫護人員正穿梭不停。少爺，我們不要進去了好嗎？——「快快，要來不及了！」少爺依然是那樣愉快的口氣，讓阿森連在夢中也感覺到怪異。突然從某間教室裡吐出了一群人，把他與少爺團團圍住，簇擁著他們，推擠著他們，把他們拖進了走廊最盡頭的教室。

有人喊著：「來了！來了！」少爺被人從他身邊拉走，指引著走向角落裡課桌併成的克難病床。「老師，孩子在等著你呢！」阿森被擋在人牆外，從人頭晃動的縫隙間，看見少爺走向課桌上躺著的那個渾身是血的男孩。「怕是不行了！」沒有人開口，但是不停有耳語嗡嗡浮在四周。少爺握起了男孩的手。「老師來看你了！」七嘴八舌的嗡嗡嗡嗡聲響。阿森努力地想擠近少爺身邊。夢境裡一座座圍觀者的肩膀竟然像沙包一樣軟綿綿的。推開推開推開。可是沙包像是怎麼都推不完似的——少爺就近在咫尺了——

突然一個重心不穩跪倒在課桌前，他幾乎要發出一聲驚嚎。

躺在克難病床上，讓少爺握住手的少年，竟然有著與他一模一樣的面孔——

驚醒的時候，發現阿春在他床邊，正使勁搖他起床。「少爺回來了，他要你過去，他們在側房會客的地方。」阿春沉著一張臉命令道。

他們？阿森匆匆穿好衣服趕了過去。

廳房裡少爺正與一屋子朋友在舉杯，一瓶洋酒已經去了大半瓶。少爺喝醉了，看見他進來便一把將他抱住：「阿森，你最拿手的蛋皮壽司，快去做，我跟他們大大誇獎你喔，別讓我丟臉！」

阿森只有鞠躬說是，又匆匆退下。飯糰用的米哪能這麼快煮好呢？他趕緊去翻出一包本島人吃的米粉，倒水入鍋中，再把米粉浸泡在裡面。只能變個花樣，做一道蛋包炒米粉吧……他一分鐘都不敢耽誤，生怕少爺要失望，但是在熱水煮滾掀鍋的那一剎那，水氣轟地噴出燙到他的手，他不知為什麼心中失落，眼淚就滴了下來。

剛才的夢境仍在他腦海中殘留徘徊。為什麼會作了這樣詭異又哀傷的夢呢？

整座林家大宅此刻顯得格外空敞，只有遠遠小會客室裡傳出的喧鬧，太太應該還沒回到家吧？屋裡其他人想必都偷懶先睏下了，連阿春都沒留下來幫忙。少爺跟他的朋友們看完李香蘭後心情都仍亢奮，他從沒見過少爺喝那麼多酒。在夢境中他本來也是要跟少爺一起去看李香蘭的，雖然只是夢，但是夢裡原先興奮的感覺如此真實，連清醒的這一刻他依然可以重溫。至於在夢中為什麼又看見自己成了垂危的君之代少年，難道這是什麼預兆嗎？

他不情願地端著做好的點心朝會客廳走去。他不喜歡少爺那幾個朋友。剛剛匆忙一瞥，看見在座亦有經常在巷口等少爺出門，沒事胸前老掛著一臺照相機的那個長髮中分的男子。那人的眼神特別傲慢，看那一身穿著，不過是個窮小子而已，憑什麼大搖大擺喝著老爺珍藏的洋酒？

放慢步子，他邊走邊捕捉著廳裡飛迸出的喧譁聲，竟比剛才更不知收斂。

一推開門，阿森被進行中的狂歡嚇了一跳。

少爺更醉了。

他的那群朋友圈起了一個圓，把他圍在了中間。

少爺的西裝襯衫衣褲被脫下來，丟在一邊的地上。大概是從太太房裡偷取了一件支那的長衫，阿森在大稻埕街上看過年輕的小姐穿過的，那種領子高高、裙襬側邊開衩的長服樣式。他身上竟然穿著這件支那女衫。站都站不穩了，搖搖晃晃，邊還做出飛吻的動作。

那幾個圍住他的男生鼓掌起鬨，喊著：「李香蘭！李香蘭！」脖子上掛著照相機的那人更是逮到機會對著女裝的少爺不停地拍照。少爺笑得幾乎岔氣。然後他端起酒杯，又灌了一口，清清喉嚨便高聲唱起——

君がみ胸に　抱かれて聞くは
夢の船唄　鳥の歌
水の蘇州の　花散る春を
惜しむか　柳がすすり泣く……

阿森端著托盤，被下了咒似的釘死在地上動不了。儘管少爺唱得顛顛倒倒，他仍被那歌聲懾住了。

那是一首沒有聽過的歌，來自一個他不知道的地方。

但是他的腦海中浮現出一幅有山有水的景象。

少爺的歌聲竟然是如此悽愴，臉上流露著迷茫的神情，不知道究竟是酒精還是身上的道具服裝，讓他前一秒還放浪開懷的笑臉，一下全不見蹤影，看起來反倒是一臉無助，不知身在何處般投入在歌詞的情意之中。

如果能夠，他想衝過去把少爺拉出那場群魔亂舞的祭典，衝出酒濃影亂的漩渦，扛著少爺跳上歌中的那條小船……

*

那一夜初聞此曲，此後，心底悄然總有一個人影匿居，與他捉迷藏似的，往往於不可預料的時分，驚鴻一瞥閃過記憶的曲廊轉角。

或許，是當他在臺北七條通的日式小酒廊裡，也可能是在街頭某個少年擦身而過的剎那，甚至在陌生的廉價小旅館中。苟且完事後淋浴，從鏡中看見自己那醜陋的軀身，如枯黃乾皮滿布的老樹卻總也不死之際，那一夜，男子吐唱出的柔媚悲聲，冷不防就痛擊在他胸口。

多年之後，他才知道，這首曲子同時還有臺灣語與中國語所演唱的版本。

落花逐水流，流水長悠悠；明日飄何處，問君還知否？
倒映雙影，半喜半羞；願與卿，熱情永留

蘇州風景美如江，春天落花天注定；握花放在溪頭頂，隨水流遠找前程

中國語的歌詞太過輕巧，臺灣語的內容又纏綿盡失。來到西門町位於中華商場的哥倫比亞唱片行，想尋找李香蘭所演唱的正牌〈蘇州夜曲〉，殊不知道在昭和年間臺灣處處可聞的播放，竟然是由一位叫渡邊濱子的女歌星所唱，而非他誤以為的滿映皇后歌聲。

記憶，往往禁不起查證。李香蘭的〈蘇州夜曲〉一直要等到戰後才第一次有唱片

的發行。

戰後才又灌錄此曲，他覺得根本是多此一舉。就像黑白相片多了手工的著色，那色彩總顯得怪異又粗俗。現今的留聲，雖有了較新穎華麗的伴奏，卻與當年電影造成熱潮的時空之間，出現了如唱片跳針一般無法彌補的記憶空拍。

他以為，不管為了什麼原因當初只有在電影中演唱了這首歌曲，她的〈蘇州夜曲〉應該只屬於昭和年間，那個中日滿臺如同四胞胎，彼此嫉妒又彼此手足相依的特殊背景。

然而，女優首度發行這首曲子時，名字早已改回了「山口淑子」。

可是日本藝人山口淑子的〈蘇州夜曲〉怎能與中國長大的李香蘭演唱此曲相提並論呢？

是因為這樣，藝人的山口淑子才不得不轉進政界，成了參議院議員山口淑子的吧？但是女優李香蘭從未失去她的光環，她的影子依舊隨侍襯托在側。他想不出，有誰比這位滿映皇后更懂得把戰爭所製造出的神話不斷包裝，永遠保鮮？

戰爭之後，改名換姓，人生的賭盤重新開始押注。

誰又能確定這一局是否押對了籌碼？

原以為會購到「李香蘭」的昭和之音為他喚回期待中的故鄉氣味，最後只得悻悻然步出了唱片行。帶著略略失望的心情，走在中華商場的騎樓中，松尾森想起了此處在他少年時，只不過是一排廉價的小吃攤所在。

一列火車咕隆隆在身邊如長龍般飛奔而過。

鐵路平交道從市中心大馬路上穿越而過，四周環狀放射出的商圈街道，加上人工手繪的五彩廣告看板，西門町的景象與原宿區簡直像是根據同一張藍圖所打造。這是他三十歲第一次到東京時，令他幾乎落下思鄉之淚的震驚發現。

如今，即使沒有了李香蘭的歌聲為他引路，身為灣生日本人的他也要為自己重新找到舞臺。

江山是他新的名。

又回到臺灣了。也許，這是他人生最後一次的機會可以擺脫，那個始終不放過他的貧孤少年阿森的怨憤糾纏。

第十三章

按照川崎涼子寫給他的地址，健二坐在計程車裡繞過市民大道、金山南路，看著窗外的街景在轉入了這條名為齊東街的迷宮般巷衖後，立刻猶如進入了不同時空的臺北一角，他的感覺是既吃驚又疑惑的。

竟然在這短短三百公尺不到的弧線巷中，座落著三四棟保持相當完整的日本建築。同時附近的新建大樓正在施工中，現代與歷史的對比顯得突兀。

循地址所見的建物，是一棟如此純粹、未曾摻混一點外來文化成分的日本古宅，彷彿自我隔絕於近一百年來的臺北演變之外。光是在外圍走看一遭，便讓健二不免心想，如果他對日本建築基本的概念還及格的話，他相信在東京恐怕都找不到這樣的老建築了。

都在二戰中被轟炸夷平了吧？

這樣深深座落於沒落小街中的古宅，而且還是百年前的風格，被完整修葺整建保存如同新屋啟用，時光之門彷彿就在眼前。日本殖民初始，是什麼樣的一群人下船來到臺北，決定在這塊地上蓋一棟與家鄉一模一樣的豪宅？這讓健二幾乎有一點毛骨悚然的感覺。

因為很明顯的，這座宅子跟他在臺北看過的其他日本建築不同，其他的宅院多多少少都考慮到了臺灣島的四季天候，而做出了適應環境的設計調整。但這棟，要不就是設計者對本地全然無知的情況下，率先破土動工，要不然，可能就是主人抱著極深重的懷鄉愁緒，藉此抒解。

方踏進大門，健二便遠遠瞧見川崎涼子站在入口玄關，與幾位狀似本地記者的人士正在高談闊論。她注意到他的出現，十分熱情地舉起手臂朝他揮擺，並指指屋宅右側的一條碎石步道，示意叫他過去那邊等候。

這間宅第在當年想必是高級官員的居所。健二走到右側邊廊，又見到一扇和室紙門開敞，室內布置成為幽靜的會客茗茶所在，榻榻米上擺置了矮桌與椅墊，角落立著一盆生氣勃勃盛開的蘭花。

健二脫了鞋踏上榻榻米，席地就坐後把兩腿伸展成人字型，見四下無人又乾脆在榻榻米上躺了下來。一位工讀生樣的年輕人端來了沏好的一壺茶，請健二在此等候。

涼子今天約他見面，因為她已有初步確實的資料，關於那個叫松尾森的男人來臺灣拍片的一些經過。而按照與涼子的合作協議，健二將跟她討論由他籌備中的「川喜多長政與中、港、臺電影」學術研討會如今的進度。

為了研討會，他才專程飛了一趟香港，與他一位目前在香港任教的博士班同學見到了面。那位白人同學的博士論文寫的是中國第五代電影導演，這個領域如今已不再吃香。如同多數有論文出版壓力的年輕助理教授一樣，健二的這位同學一聽說有充足經費支援，不管自己連川喜多長政的名字都不知，便一口答應了擔任這次合辦的召集人，為這位滿洲國時代開始便與中國影人關係密切的日本製片人，在香港舉行這場研討會。

在香港舉辦是涼子的主意，順應了地利之便，省掉中國學者來臺灣的一些繁瑣申請手續。但她卻沒告訴健二她另外進行中的計劃，直到兩天前與健二約見，才第一次跟他興奮透露，她在臺北找到了一個絕佳地點，將設立「臺語電影館」。

這一座尚不為人知的古蹟日宅，政府單位剛剛完成修復，便被涼子以ROT案方式租下。健二如今身在這座未來的電影館中，儘管內心對建築物稀有的風格暗自讚歎，但他的心情比適才站在門口欣賞時沉重了。他原沒料想到此屋占地之廣，可見得涼子口中的「臺語電影館」絕非一般私人募款的規格而已。她的神通廣大又再一次讓健二吃驚：在背後支持她的究竟是誰？

她曾形容自己是一個被看不起、流落異鄉的小記者，健二早就不再相信。涼子布下了一個健二看不見全貌的迷局，現在正在一步步收網中。研討會、電影館之外，還會有下一步讓健二吃驚的舉動嗎？

現在後悔或抽身已經來不及了，他只想快快弄清祖父的下落。至於這個女人的背景，或許他知道得愈少愈好。既然他已經意識到，整件事並非他原先天真以為的那麼單純，如今他也只能希望盡快得到涼子履約的結果。

可是，為什麼他會一開始就被涼子鎖定？……他只不過想來臺灣打聽祖父的下落而已啊！……父親說那是個帶著腐敗氣息的男人，一個不祥的男人，被他沾到只會不幸……果真會如此嗎？……

「健二躺在那裡的樣子，看起來好舒服哪！」涼子的聲音從紙門外傳來：「怎麼樣？是不是像我所說的，這真是一個難得的地方？」

「我都快分不清，自己究竟身在何處。」健二換個臥姿，仰臉把臂枕在腦勺後，暫時避免與涼子面對面談話。「若說這裡是日本，我也不會覺得奇怪。」

「這不是很有趣嗎？你在臺灣，才會看見更純粹、更古老的日本？」涼子思忖了片刻，語氣幾乎像是自言自語：

「日本這個國家究竟要走向什麼地方去呢？經濟的影響力已大不如前了，連文化也在敗壞中。像太宰治、夏目漱石那樣的作家再也不會有了，黑澤明、小津、市川崑那樣的導演更不用說了。新一代年輕人都不知道，我們的文化對其他國家曾經有多麼深遠的影響……所以我們要讓更多的日本人來臺灣，尤其是年輕一輩，看看我們在這個地方留下了多少好東西——」

「『我們』？」健二不得不打斷她。

「我又忘記了，健二是美國人，哈哈哈！」

涼子邊笑邊移位到健二身邊，俯身盯著他的臉：「健二現在還沒感受到自己跟臺灣有一種奇妙的緣分嗎？你的祖父可是這裡出生的人喲！如果日本沒有戰敗，健二也許是說著流利的臺灣話，在大學裡教授著母國電影呢！哈哈哈！」

「妳的偉大事業跟我沒有關係。但是基於禮貌，還是恭喜妳，這裡看起來是個不錯的場地。」健二接過涼子斟好的茶，翻身坐了起來。

「你所認為的『不錯』，不會只是因為環境優美吧？」

「當然我看得出來，妳也不是因為環境優美而挑上這個地方。」

「這也不能說是我偏心，是吧？這個國家說得出的古蹟，十之八九都是日本人留下的。如果當年的國民黨政府來臺後即刻著手建設，再過三十年也都可列為百年文物了。可惜，等他們意識到除了臺灣已無處可去的時候，已經錯失良機了。還得多謝他們現在幫我們——我是說我們日本——恢復了大正時代的榮景。」

「妳要這麼說也可以，本來歷史就常常充滿這樣的矛盾。要不是當年因為日片限額進口，不懂中國語的臺灣人沒有電影看，也不會促成了臺語片的發展，大家繼續看日片就好了不是嗎？」

「今天跟健二的談話真是愉快，可見你越來越進入狀況了。」

涼子嘴裡雖說愉快，臉上卻收起了笑容：「有一天你會明白，我現在努力的，是會讓所有流著日本血液的同胞感動的。如果不是因為血緣，健二會從美國跑到臺灣來嗎？你，絕不會是最後一個，我相信。」

健二沒有接話，卻突然想到了來臺灣前與父親的約定。

回去以後，他要在他洛杉磯的小公寓中鋪上幾塊榻榻米，好讓父親有空的時候可以過來喝兩杯。

那樣的席地對酌是父親對故鄉的懷念，對祖父在他生命中缺席的永遠遺憾。

對健二而言，他已預見，這將成為做兒子的他，與父親最親密的記憶。

*

幫健二搜尋祖父下落的過程，讓我更加確定，我是在做一件重要的工作。這點我還要向你說聲謝謝哩！

健二又露出他那種不耐煩的表情了。我不是不知道你在心急，希望我把所知道的快點告訴你。但是，資料總歸是資料，重點是你會用什麼樣的方式去解讀。我這樣說，你不會反對吧？這跟你們做學問也有相似之處，不是嗎？

但是，畢竟對日本人在臺灣的情形，你不像我這麼瞭解，所以等會兒我要說的，可能很容易被健二解釋為不可思議，以為我在胡說八道。你的祖父，松尾導演，他拋家棄子的行為對一個家庭來說，也許是例外的少數，但是若從一個民族以及它所經歷過的時代來看，他也許代表的是不同的意義。所以請健二不要那麼快就對自己的祖父下定論，好嗎？否則的話，我真的覺得不要告訴你還好一些，讓我這樣內疚也不是健二所希望的吧？

松尾森，嗯，他的確是個有意思的人物。

我能找到關於他戰後又再回到臺灣來的最早資料，應該就是一九六四年他擔任副導演，隨日活公司來臺拍片。原本照理來說，日本電影公司在臺灣的影響力已有漸退的趨勢，因為當時香港最大的兩家電影公司，電懋與邵氏，看到中國內部情勢越來越混亂不安定，已經有遷廠來臺的計劃，如果這個合作計劃最後成功的話，那臺灣真的有可能成為亞洲最大的電影王國，日本的松竹、日活、東寶恐怕都得屈居第二。

但是就在那一年，發生了史上著名的亞洲影展空難疑案。幾家香港公司的大老闆來到臺北，參加那年由臺灣主辦的亞洲影展，之後飛往臺中探勘未來建廠地點，之後再搭機返回臺北。結果不幸地，飛機起飛不久便在臺中上空墜機失事，機上人員全數罹難。

不要問我為什麼，我已經說了這是疑案。傳聞中，可能是人為因素，也就是說，嫌犯可能是在臺的共謀。你覺得呢？

這個背景跟我接下來要說的有什麼關聯？松尾能夠來臺拍片，以及片子最後拍不成，都跟這場墜機相關。

你想想，幾家電影公司的老闆全都在一場空難中喪生了，這對中國語電影製作的衝擊有多大！電懋公司沒幾年就倒了，邵氏也全面改組。更重要的是，臺灣電影起飛一下子全成了泡影，與日本的技術合作必須繼續維持，臺語片的生產也因此沒有中斷，而且出品數量上一直是超過中國語影片的。香港技術資金一旦進來，中國語影片定成為壓倒性的主流。松尾森的來臺，原本只是接近臺日電影合作的尾聲，沒想到卻是一次熱潮的再起。

在這一波熱潮中，松尾森也終於第一次升格成為正式導演，那是臺日合作的一部模仿○○七的商業偵探電影，在日本票房還不算差。聽說電影拍攝的水準普通而已，但松尾導演的商業眼光一直不錯，隨後又改拍起文藝愛情片，都有起碼的票房。松尾導演當年在業界有「愛情片快手」之稱喔，而且也捧紅過一位新秀小生。這一位要介紹一下，他的名字叫倉田一之助，因為他也是與松尾最後一次來臺拍片的男主角。

沒錯，就是《多情多恨》這一部電影。其實，這部電影原本預計全部在日本拍攝的，另外，臺灣發行商已經透過後門管道，拿到了當年非常難取得的日片管制配額，眼看是準備要大賺一票的。但是大時代的變化總是捉弄人。在日本開拍了一半，便傳來臺灣與日本斷交的消息。

於是臺灣發行商動起腦筋，想把這部片子變造，冒充成為國內製作的影片，所以請松尾導演想辦法能否改一下劇本，把一些戲移到臺灣來拍攝。由於在當時，臺灣觀眾還不認得倉田一之助，他們也幫倉田一之助想了一個中文的藝名，林非凡，就當他是臺灣的新演員。沒有網路搜尋、錄影拷貝的時代，這聽來是可行的，松尾導演立刻接受了這個想法，在一九七三年與製片團隊來到了臺灣。

這個時候臺語片確實已經沒落，當然廉價低成本濫拍現象也是造成沒落的原因，但如果你要問我，我還是認為政府在搞鬼。那次的空難之後，臺灣處處可見「保密防諜，人人有責」的標語，而且電影圈裡共諜潛伏甚多的傳言四起，政府對電影的檢查管制也越來越嚴苛，許多臺語影片都以違反社會善良風氣、助長鬼怪迷信等等理由被禁演。松尾森一行人來到臺灣東部鄉下拍片，原以為消息封鎖得很好，但其實還是被盯上了。

電影沒拍成，原因複雜。同業的競爭與黑函密告在拍攝期間時有所聞，表面上來看，臺灣政府突然頒布新法，所有演藝人員必須取得演員證這項規定，終於讓以日本明星冒充本地演員的作法宣告流產。

這項新規定是不是針對這部電影而來，沒人知道。但在演員證的刁難出現之前，拍片工作其實已經不是那麼順利，聽說還有什麼鬧鬼之類的傳聞都跑了出來。這些內部的問題，許多並不為外人道。所以說，我可是法寶用盡，才託人幫你在日本找到了現在還活著的倉田一之助喔！

終於讓健二瞪大眼睛了吧？來，先讓你看看這張翻拍的照片。

穿著背心與長馬靴的是松尾爺爺，那時候幾歲呢？看起來仍然是非常有魅力的中年紳士，一點也不輸站在旁邊的這位，穿日本軍裝戲服的，他就是倉田先生。嗯，我對中年男子一直比較有好感，不小心說出口了。健二不會介意吧？因為爺爺是不會對我有興趣的。這個嘛，等一下健二就明白了。

請看一下蹲在最前面的這個少年，他是你祖父在臺灣徵選的新演員，在改寫過的劇本中，這個叫羅的小帥哥有不少吃重演出——

怎麼了？健二的表情突然變得好奇怪，像是你認識這個叫羅的少年似的。有什麼不對嗎？……我先聲明，接下來我要說的，都只是轉述倉田一之助的回憶，千萬不要見怪。健二的神情讓我開始有點難以啟齒了，怎麼辦？

好吧，那我就恭敬不如從命了。

首先，這個倉田現在已是個潦倒的歐吉桑了，他說的話想必要打些折扣，我們就先姑妄聽之囉！喔對了，還有，倉田一之助並非他的本名，他特別交代不想跟與松尾相關的人聯絡，恐怕健二也不會想見這人一面吧？……你看，我還是很瞭解你的，不是嗎？

這個倉田嘛，原本只是在新宿街頭的小混混，因被健二的祖父發掘而進入影壇。

據他所說，《多情多恨》本是為他量身打造的。在幾部電影中擔任配角之後，松尾導演終於挑中他擔綱主角。說挑中，也不太對。倉田的意思是——唉，好難開口喔。嗯，那我就直說了。他和松尾導演在那之前一直是同居人的關係。

唉呀其實這在電影圈也沒什麼好大驚小怪的，藝術家都是跟一般人不太一樣的，對吧？只是這個倉田在與我朋友聊天時竟然說，他是正常的男人，那時純粹是因為松尾是有一點名氣的導演，他才為了自己的事業委屈了自己。這個人說話聽聽就好，因為我的朋友告訴我，他是在六丁目一家同性戀酒吧找到倉田的。他與松尾後來又合作了三部戲，據說因為酗酒加上藥物問題，走紅的時間很短暫，好像後來就一直在酒吧裡打滾，自己也開過店的樣子……

不講這個了。重點是，《多情多恨》在臺灣拍的膠卷全都作廢了，倉田回憶整件事時一直說，真的很可惜，尤其對那個叫羅的年輕小演員，他感到非常抱歉。他說，他對那少年做了很不好的事，到現在都無法原諒自己。

健二你還好吧？我看我就不說太多細節了，很快交代重點就好。

倉田的說法是，松尾對叫羅的這個少年非常喜歡，為他加了不少戲份。灣生的松尾導演對臺灣本島的少年一直有奇怪的迷戀，這是倉田透露的。做為男主角的他，當時竟在片場屢屢遭NG，反倒是新人頻頻被誇讚，難免受窘而心生妒恨。那一年倉田也不過才二十出頭，在他幼稚的想法裡，讓松尾停止這種令他受窘的方式就是，把對方一起拖下水。禁不住他的慫恿與誘惑，松尾同意了他們一起來勾引叫羅的少年，於是發生了三人的性愛——

*

事後他不記得自己是如何離開齊東街的。也不記得涼子又說了哪些有關《多情多恨》拍攝流產的內幕。

轉述的故事中有多少細節並非事實，已不是重點。聽出了祖父在同一件事情上一再失足的模式，這已是他能確定的了。

灣生的松尾導演對臺灣本島少年一直有一種奇怪的迷戀……

健二卻對這一點持有保留。就只是對童男的癖戀，不是嗎？松尾森這個男人是否只是在用殖民歷史這塊大布幕為他的病態做包裝？

至少那個叫倉田的，還一再表示了悔意。松尾森呢？他永遠只是懦弱地逃走吧？……

幾天後，健二仍舊撥了通電話向涼子道歉，自己不應該衝動地離去，並向她解釋，自己並沒有對她所傳達的內容有任何不滿。

涼子在電話那頭出現罕有的沉默。

什麼事？他追問了一句。

她說她託人去了《多情多恨》拍攝地點的東部小鎮打聽。

然後呢？

那個叫羅的少年，後來自殺，死了。她說。

第十四章

再度看到我安息的墓園，景象與記憶出現極大的落差，原本的小樹已經參天，園中鋪起了水泥步道，矮牆改成了雕花鐵欄。

我這一睡，究竟睡了多少年？

站在我墳碑前的，是一個頭髮花白的中年男子。

這才注意到，連我的墓都經過了一番修整，築起了貼著藍白相間小瓷磚的低檻，還加種了一排杜鵑花。

墓碑上的照片亦不是我高中的黑白學生照，而是頭髮已經長了的臺北時期。笑得有些靦腆，不太情願地注視著鏡頭的方向。不記得是何時有過這張留影？

看仔細了才發現，那是經過了切裁的一張照片，邊角處還露出了另外某人的肩膀——

阿昌！我急急再回頭打量站在墓前的那個人。

真的是他。

我幾乎認不出來了，這個看起來五十多歲，有著白髮與皺紋的陌生人。雖然臉色有蠟黃，微微佝僂，但那雙平地人所沒有的深亮大眼，仍有著我記憶中的表情。

他一直是習慣把話藏在心底的人，只有在仔細觀察他的眼睛時，才會覷見他心思的一點端倪。他一直是那麼好強，在臺北的歲月裡我們漸行漸遠，最後我去他的電影院看他的時候，他仍然是不多問不多說。我知道在他眼中，我大概是無藥可救了。但願他明白，在我心中他一直是我很好的朋友，不然我不會在回鄉前還特別跟他道別。

看看他現在的樣子，手腕上戴的勞力士，尾指上一元硬幣那麼大的翡翠玉戒，應該是生意做得很成功。如今我只能在另一個世界端詳著他，我童年的友伴。

不知道我若還活著，我們是否還會有交集？兩個五十多歲的人，多年不見，在街頭擦身還會相認嗎？我若有機會老去，我會是一個怎樣的中年人呢？

我想到了兒時印象中的父親，剛搬到東部來在吉祥戲院畫看板的他，那時也將近五十了。我會有著和他一樣的魚尾紋與眼袋嗎？

擁有一張老去的臉，對於我來說，竟是一種嚮往，那是我永遠無法體驗的幸福啊……

隨即我意識到，這麼多年來我不曾醒來的原因。父親已經無法來看我了。

父親不在了……？

我難過地開始在墓園裡走來走去，卻沒有發現到父親的墓碑。

沉住氣再推敲回想，如果阿昌現在有五十開外，那麼我最後一次看見父親，相隔至少近十年了。

阿昌為什麼會突然出現在這裡？

*

「跟你說了這地方現在早就沒有什麼『吉祥戲院』了，都拆了嘛！」

「可以讓我一個人靜一靜嗎？」

「這樣吧，我們五點直接在機場碰面？」

「嗯。」

「健二，關於電影館開幕的事，你再想想。我不覺得有必要把事情想得這麼複雜。」

沿著兩旁蓋著簇新透天厝的馬路慢慢踱步，健二腦中卻不斷想著川崎臨走丟下的話。

終於走在祖父當年出生的聚落原址了，但是眼下完全不是原先的想像。

難道自己也跟川崎是一樣的，期望在這裡看到日本人當年的遺跡被完整保存？

原來都不過是個人的私心。

如今只能有兩種選擇，將祖父的過往打包裝進歷史的禮盒，或者，得更冷酷地繼續挖掘。

而前者便是川崎的建議，雖然仍是為了臺語電影館的開幕，但未嘗不能就此將此行做一了結。

我們計劃在開幕日頒發臺語片貢獻獎，涼子說；松尾導演可說是碩果僅存，早年曾來臺拍片的日本導演，而且過去二十年一直住在臺灣，完全符合我們開幕新聞焦點的需要。怎麼樣？這個主意不錯吧？

一個拋家不顧的戀童老人，最後上臺接受表揚，這諷刺未免太大了，健二心裡暗忖。更何況，他後來不是化名「江山」，改拍起國語影片了？

不需要你的同意啊，只是知道健二的痛苦，所以特別知會一聲，涼子說；不過，我們可以把邀請的這份重要工作留給健二喲，既然來了臺灣這一趟，健二不是應該和祖父見上一面嗎？

健二發現自己原來是怯場的，無法想像這樣祖孫相見的場面。健二甚至懷疑，祖父松尾會根本不承認自己曾有過妻小。不會有溫馨的熱淚相擁。而他真能做得到，在見面的時刻對祖父嚴厲質問，讓老人重新面對自己的一生，發出懺悔的嘆息？

川崎也許還知道更多的事情卻沒告訴我？——

本以為自己可以守住與她有條件式的合作，現在卻越來越覺得陷入了不對等的傾斜。

竟然會希望我去擔任邀請的工作？顯然她非常清楚祖父的現狀。

由我出面，這中間會有什麼差別嗎？

雖然一時還想不出川崎如此計劃的理由，但可確定的是，這一切都是她步步小心的策劃。從交換資料的簡單提議，到川喜多長政的研討會，現在又出現了電影館這麼龐大的組織，健二在無設防——或說一直不願承認自己刻意在逃避——的情況下，在川崎的每一步棋背後，他似乎都負責了臨門一腳。

去香港與博士班同學威廉討論研討會籌備時，對方所說的話一直令健二印象深刻：

我臨時惡補了一堆資料，發現這個川喜多長政真是個撲朔迷離的人物啊！怎麼會有這樣一個日本人在日本侵華時期還能在日本政府、偽滿政府、汪精衛政府之間遊走自如，以一個日本人扮演著推動這個時期中國電影發展的角色，不但捧紅了滿映的女星李香蘭，藉著中國片《萬世流芳》把她推進了中國影壇，又把中國片《木蘭從軍》引進日本上映。如果再加上李香蘭為東寶所拍攝的《支那之夜》在臺灣引起的大轟動，這個川喜多長政啊，絕對有更大的看不到的野心。因為有了一個李香蘭，才讓他事情可以推動得如此順利吧？你看看，他不是在故意攪渾日本、中國的分別嗎？李香蘭的才藝與美貌，讓人輕易就忽視了她是一個混交的產品，日本人就是中國人，中國人就是日本人，這不是川喜多長政真正的目的嗎？中國人一直把他視為「親華友人」，這真是一個有趣的現象……

當時對威廉的話並不在意，心想他在香港住久了，對政治問題有些過度敏感，而雖然研究的是中國電影，畢竟是白種人，恐怕見解未必高明到哪裡去。

但是上週威廉寄來一封電郵，讓他突然對整件事有了新的認知：「你們要在二〇〇八辦研討會，還有一個臺語電影館也要揭幕？這是巧合嗎？據我所知，紐約林肯中心，還有東京、倫敦今年都有向川喜多遺孀百年誕辰的追思影展會舉行。」

是巧合嗎？

健二無法不去懷疑，川崎利用他的目的早就不是因為他的學術背景。

是因為他的出生背景啊！

如果川喜多因為李香蘭的中日身分難辨而達到了某種目的，那麼是日本人也是美國人的健二，如今還因為有個灣生的祖父在臺灣長住，藉由電影這個主題把這一切串聯在一起，又會發生什麼功效呢？

他迷惑了。

希望他去邀請祖父出席電影館的揭幕，還要在開幕時頒給他一座「終身榮譽特殊貢獻獎」，這真是給他出了很大的一個難題。

現在的健二，對祖父的事已經不忍再往下挖掘了，見面時究竟又能多知道些什麼呢？「我有一個祖父是電影明星喔」這個自欺欺人的謊言早已破滅，如果能夠，就讓祖父繼續是一個遙遠神祕的人物吧！配合了川崎，就等於與祖父的血緣再也不能切斷，就某部分來說，也將對祖父的過去，負起身為後代難以避免的愧疚……能不能就到此結束了呢？在「終身榮譽獎的祖父」與「引誘少年性交的祖父」之間，難道我非得做出選擇嗎？

*

幫你新修的墓，你喜歡嗎？

你已經走了二十多年了。二十多年……我都老了。時間好快。二十多年沒來看你，不會怪我吧？

應該說，是我不敢來見你。對你的自殺我一直覺得有責任，我如果早一步——

唉，好久不見，不要說這些。

上個月，有人找到我，問起你當年沒拍完的片子，我才嚇到，那已經是三十幾年的事了。想到你，想到我能為你做的，恐怕也只有這些了。

你死後沒幾年，我就把我媽和姊姊接到臺北了，之後都沒有再回老家。這次回來才知道，老羅——你爸爸，也已經過世十年了。他的骨灰一直寄放在這裡的榮民之家，不過，我幫他買了靈骨塔位重新安置了，你大可以放心。

我現在的事業是經營一個連鎖影城，臺北桃園中壢都有電影院。「星光影城」，記得嗎？這還是用你取的名字。

也許可以說，錢我是有了。但是我現在身體不好，才真正瞭解，錢能買到的東西真的並不多。打拚了二十多年，換到了七間戲院，我阿爸過世的時候，我也沒在他身邊。你走的時候我——唉，怎麼又說到這個？

發生很多事啊，都過去了。

對，說到蘭子，她後來一直是跟你爸在一起，你大概沒想到吧？我有問陳老闆，就是以前戲院陳老闆他兒子啦，蘭子後來不認識人，只認得你爸。羅伯伯死後，她就住進了省立療養院。

我前幾天去看過她，可想而知，不認得我了。她除了神智恍惚，情況好好壞壞之外，身體倒是健康得很，看樣子可以活很長——這算好命還是壞命呢？你也不用擔心她，我都有安排，還幫她請了個白天的看護。

錢就是要花的，我怕我也沒多少時間花了。想到這些就很難過。我很怕死，怎麼辦？死了以後，是不是就統統不知道了？還是會繼續被過去糾纏？

我那時候是怎麼了？把賺錢擺第一，朋友家庭都沒放心上，連我妹在跳牛肉場我都無動於衷，我真的只想著走了就不要再回來了，不想再跟過去有牽連，明明心裡又很痛苦，還要裝得無所謂。你最後一次出現，在我那時候西門町的那家小戲院，我看得出來你情況很糟，但我就是不敢多問。

那天你走後，我本來想把那些舊膠卷扔了的，你若沒出現我根本就不會想起來，自己還留著這個沒有用的東西。

不過，還好，沒有扔。

想讓你知道，有人現在把它修復了。開心嗎？

有人要辦一個臺語片影展，好像是配合一個什麼電影館的開幕，所以找到了我。他們要在開幕典禮上播放這些片段，所以不但修復了影片，原來沒有收音的毛片也配上了臺語。不過我記得，你們那時是用日語拍的吧？

前幾天看到了他們弄好的部分，看到你又活生生出現在眼前，我激動得流下眼淚來。

你那時候真的好帥，你知道我那時候多麼嫉妒你嗎？

呵呵呵，我怎麼了，又想哭又想笑的……

小羅，我知道你跟松尾導演有一些事你不想說，沒關係，但是當我看到影片中少年的你，完全是現在我們說的人氣偶像，心裡頭便在想，不管後來發生了什麼事，你曾經是那麼帥氣，那麼有才華，應該被記得，應該被看見。

雖然是沒有拍完的一部電影，但是小羅的模樣讓大家好驚訝。連做剪接的都一直在說，你若生在今天，前途不可限量啊！

也許有遺憾，我懂。但是至少你即將被很多人看見了。你知道我們現在用電腦可以做很多事嗎？我之後會把你的電影放在網站上，很多人都可以來點播，你沒有離開我們，真的。

我就是要來告訴你，你當年的心血並沒有白費。這一切值得了。

想想我死的時候，又能留下什麼呢？

不過，另外有件事，我希望你能諒解。

關於松尾導演。

你生他的氣，我能明白。你死前告訴過我，他又回臺灣來了，你不會放過他——記得大概是這樣的意思。雖然如此，我還是想辦法找到了他，讓他知道了你過世的消息。

我能進電影公司，能認識電影發行商，當年松尾導演都有幫忙，這些，我從來都沒告訴過你。並不是什麼特別的照顧，當年的他只是幫我撥了幾通電話，對他來說根本沒有什麼，但是卻改變了我後來的人生。

真的是很矛盾啊，我也覺得，好像是背叛了自己的好朋友。對你有愧，所以那些年一直不敢再多關心你。是我太幼稚，你能原諒我嗎？

松尾導演後來一直住在臺灣，也算是晚景淒涼。我如果不知道也就算了，但是他來求助於我，我真的沒辦法完全棄他不顧，畢竟，他曾幫過我，所以，這些年，他一直在靠我接濟度日。總覺得，做人不能太絕，過去的事也應該放下了。

小羅，你能理解的，對不對？……

*

阿昌吃力地彎腰擱下手中鮮花的身影，依然在我腦海中揮之不去。

看來他果真是有病在身。換個角度，從他的心情著想，當他看到影片中那個永遠不死的我，對比著他日益沉痾的身子，那種震撼與激動，我不是不能體會。

但是，為什麼到今天才要來告訴我這些？

已不在人世的我，是否理解已經不重要了。他能明白，自己的矛盾心結嗎？

回想最後我們見面的場景，還有他取出《多情多恨》的毛片時，我震驚的心情。真的是如他現在所言，那時他幾乎都忘了自己還收藏著膠卷？

松尾還活著……三十年後竟然是這樣的局面，只能說人各有命、世事難料啊！如果不是對松尾有過錯誤期望，他也不過就是芸芸眾生裡，一個不相干的人。因為命運讓我們交集，我們曾經彼此利用取暖，才演變成後來的背叛傷害。能說這只是他、或我、一人造成這樣的結局嗎？

阿昌，反倒是你，為什麼一直這麼不快樂呢？

謝謝你為爸爸和蘭子所做的安排，倒是我的墓地新舊，對我來說並沒什麼差別。真要問我在乎什麼，我只希望，那沒完成的片子，不要被拿出來公開放映。

並不是無法面對這段過去，而是由於非常單純的一個理由：當初是為了完成一個作品而全力以赴，不完整的作品，並不值得一提。即使，成為優秀演員早就是無法實現的夢想，但這一點點堅持，我還沒有失去。

直到今日我才恍然大悟，一直被我當做最親近朋友的阿昌，對我始終有一種我不明白的嫉妒心情。

能夠登上銀幕演出重要角色，也曾是他年少時的夢想嗎？所以才會覺得，能有這段影片保留下來公諸於世，人生就值得了。是這樣嗎？

那年，不過是在意外情況下參與了電影拍攝，我甚至不能跟自己說，那是一次好的演出。因為，我都是在導演的安排下做出他要的表情動作，根本也談不上有自己詮釋角色的能力啊！

看來，連松尾自己都說不出口，那年夏天戲外的種種。想必他也不敢向阿昌透露，最後我與他相見時發生的事。否則，他怎還有勇氣去向阿昌求助？阿昌怎還會仍認為，我是值得他羨慕的呢？

阿昌，你擁有多少的東西，是我在那個夏天一瞬間全都失去的，你知道嗎？

*

一串車廂滾動而過的聲響驚醒了他的沉思，舉目才發現，自己不知不覺早已從商街一路走到了人跡較少的舊區。

突然映入眼簾的，是在不遠處一座古老的小火車站，與健二幼時，隨父母去日本四國鄉下拜訪祖母時所看到的鐵道驛站如出一轍。小小的候車室佇立馬路邊，沒有堂皇的入口，月臺一眼就可看穿。祖父當年就是從這裡上車，離家前往臺北的嗎？

走向車站前張舞著茂盛枝葉的高大麵包樹，深秋午後原本略帶清冷的日光從葉縫間篩落，突地讓想像中的南國氣息栩栩如生起來。健二登上階梯，走進了小小的候車室。

牆上簡單的時刻表說明了，這裡不是旅客繁多的驛點，候車室裡靜悄悄的。站務員站在月臺上，望著遠山發呆。

月臺不過就是短短百來公尺的水泥行道，彷彿像個浮島沙洲。許久未曾離開過城市的健二，心情突然得到了鬆綁的感覺。不是密封擁擠的地下鐵站，沒有轉運站裡嘈雜沸騰的人聲，不過是環島的鐵路線上幾乎被人遺忘的一個地名。站在月臺上就可以看見，火車會從遙遠的山那邊一路搖搖晃晃駛來。都是什麼樣的人會在此下車？上車離去的又是什麼心情？

健二與站務員擦身而過，朝對方點頭招呼，問道從這兒可有去臺北的班車。那張黝黑的面孔流露出驚訝懷疑的表情。

「從這裡要走臺東，經過高雄才能北上喔！」站務員道，「先生要不要去花蓮站，那裡上車走北迴線，比較快。」

「請問，這裡，日本人的時候就有鐵路了嗎？」

「沒有啦！那時候鐵路只有建到蘇澳。」

「那時候要去臺北怎麼走？」

「坐船吧？」

聽到這話，原本的浪漫想像落空了。

健二深吸了一口氣，感覺到那帶著水肥還是泥巴微腥的陌生氣味。原來以為，或許與從未謀面的祖父之間最真實的牽連，就是此刻這個田野中的小驛站，還有月臺上百年來不曾中斷吹拂而過的風吧?

沒想到反而在臺北,還能捕捉到祖父的一些過往,他的出生地真的已經完全變貌了。

失望的健二,轉身正準備要離開的時候,無意瞥見了月臺另端盡頭的一個身影。不是候車的旅客,因為身邊並無行李。也不像迷途的流浪客,因為一身簡潔素淨。那個女人不知維持著同樣的姿勢,在那兒坐了多久?約莫五十開外,面容略顯憔悴,頭髮盡乎全部花白,臉上的表情不是發呆,反倒是像努力地在思考著什麼。

她那一身過時又單薄的穿著,讓健二不免多看了一眼。在這樣秋寒的天氣,她仍是一身棉布碎花長裙,保守的式樣,顏色都洗褪了,裙緣還脫了線,長長的線頭在風裡盪著。那身影讓人有種說不出的悲涼之感。

健二收起視線,快步地離開了這個讓他錯誤幻想著,可與祖父共享的月臺。

*

我的故事，究竟應該結束在看到未拍完的《多情多恨》片段？回到鎮上，走進了斷垣殘壁的吉祥戲院那日？還是，與松尾森的最後一面？

當初「我不會放過松尾」這樣的狠話，竟然曾經跟阿昌表露，我已經對此印象模糊。可見得再度撞見松尾，帶給我精神上多大的折磨。

結果，命運放過了那人。在命運跟前，我豈有插手的餘地？

閉上眼，少年的身影從腦海中匆匆流轉即滅，走出的人影換成了站在街角的一個削瘦青年。

片段的影像，啟動了蒙塵的老放映機。

這一部從未放映過的，才是他的代表作啊——

片頭字幕：十年後的那一夜……

我想知道，你心裡的君之代少年，究竟是誰？

青年的眼中滿是淚光。他不想放過站在他面前的男人，他以為他的口氣可以更凶暴一些，表情更不屑一些，但是當男人終於面對面站在他眼前，青年在仲夏的午夜卻感覺冷得想發抖。

我不是松尾森，我現在的名字是「江山」，男人說。

青年明白了，君之代少年就是男人他最愛的自己。他本以為男人會在他面前慚愧懺悔，沒想到反而是他在男人面前無地自容。

男人連自己的名字都不承認。

都被一筆勾消了。

……

如果，那捲影片對我還具有任何價值或意義的話，那應該是它毫無被加工過的毛片狀態，而不是被重新配音剪接，變造成一個有清楚劇情那樣的短片。

或者，根本成了電影預告片。既不告訴你全部劇情，卻又暗示了什麼都有可能，拿捏住曖昧的濃度比例，誘惑著觀眾。在沒有看到電影全貌之前，我們都相信已經從預告片中看出些所以然，決定了這會不會是自己想看的電影。

很像我們對人生的想像，總覺得看懂了人生的類型或樣貌。或對於我們未知的人事物，我們總是只看到自己願意相信的。

只有像阿昌或是剪接師，你們沒有身歷其境的人，才可以這麼容易把它做成一種符合期待的樣子吧？誰能把自己的人生故事，剪成一段精采預告片？誰又願意看到自己的人生，在別人眼中不過是一段預告片？

只不過，我又能改變得了什麼呢？死去的人，是沒有發言權的。

被重新加工配音剪接的《多情多恨》，從一部失敗的日本片，一部投機的國語片，現在成為了一部經典的臺語片，反正與我已經無關了。

順著印象中的足跡，我爬上墓園後方的小山坡。

攀過曾經茂密，如今萎黃的樹叢，溪床石堆就出現在眼前。

走到與敏郎最後道別時的地點，挨靠著那塊岩石坐了下來。想起自己那年心有餘悔的告解，以及沒有機會傾吐乾淨的殘念，才發現學習寬容最好的方法是平靜，讓一切慢慢沉澱。

沒有敏郎的那些年，我總在目送走父親與蘭子後，再度一個人回到這個地方。連告解也不需要了，因為有了訴說的對象，難免就會把記憶整理成了有頭有尾的故事。

為什麼活著的人總把不能解決的事，推給我們已經死去的人？要我們原諒，希望我們理解，求我們保佑。

就只因為這樣，我被人從死亡的沉眠中喚醒，感覺只有無奈。我寧願不要再醒來。醒來已看不見父親的面，也不再有敏郎的口琴聲相伴，只剩下早已無味的記憶再次上演。

想起敏郎曾經如此孤單地存在了這麼多年，如今我才更懂得，他所謂的寬容。要寬容的不僅是始作俑者與自作孽者，還有許許多多讓故事一再出現不同版本的無心插柳者，混水摸魚者，自欺欺人者，誤入歧途者，亡羊補牢者……

已經學會了敏郎曾教過我的，如何聽水流的旋律和不同鳴禽的悲喜。回到這裡，只須靜靜坐著就好。

如果下雨，就假裝是敏郎回來了。

然後在雨中，我大聲地唱出那首〈念故鄉〉。

＊

萬華區的陋巷，路燈都照不進。旅社的壓克力招牌，「星光賓館」四個字，脫落的脫落，褪色的褪色。櫃檯後坐著一個滿臉濃妝的中年婦女，自顧看著電視，連電燈都不捨得全開。

窄小的門廳裡影影幢幢，讓人想到了瘋人院，或許裡面的住民都被鐵欄獄門監禁著。健二猶豫著。即使人已來到了旅社的門口，眼前的景象如一口難以下嚥的苦咖啡，讓他停駐不前。

沒有想到，祖父竟活在這麼破爛髒亂的一棟五樓大雜院式老舊旅社裡。

冬日夜晚，朝街的窗子全都緊掩。這時三樓其中一扇猛地被推開，探出了一顆肉腫腫的禿腦袋。那老人一雙眼睛被肥厚的眼袋擠得都看不見了，出現了一種癡愚又蠻橫的表情，像邪惡的肥胖嬰孩。沒想到他伸臂就將一杯殘剩茶水凌空潑出，然後立刻又關上了窗。

像是知道有人在樓下窺伺似的，那動作頗有一種警告的意味。健二望著大門玻璃上早已斑駁的油漆字樣：「住宿兩百，月租可洽」。為什麼這些無家的單身老人們寧可聚居於此，不願以同樣的價錢在臺北市之外，找一處乾淨寬敞的固定住所？窩藏在都市的僻角，反而會讓他們有一種安全感嗎？祖父到頭來寧可如此破落潦倒在臺灣住下，也不願意重回日本？還是他根本對現在的處境無感？

這樣的生活是一步一步，一天一天漫長的墜沉造成，就像衰老，或是說話口音，恐怕都是無法自覺或逆轉的改變。

把祖父拖出他習以為常的這個生存角落，命他再度以導演的身分面對大眾，會是一件殘忍的事吧？

他突然明瞭了。

川崎的意圖不在他們祖孫相見。讓健二看見自己的親生祖父如此落魄，目的是要把健二推進一種無法撤手不顧的困局中，或許這樣就可造成他繼續在這個島上滯留。

接受表揚後的松尾森，能再回到此地，繼續他陰暗的生活？如此一來，三個月後離開臺灣，把眼前的景象從此拋諸腦後，還有可能嗎？

健二懊悔自己在來之前，竟然完全沒有考慮到這一層。如果松尾森是他出面邀請的，老人接下來的生活如有萬一，那就是他的責任。

父親的叮嚀又出現耳邊：你的祖父是帶著腐敗氣息的人，被他沾到只會帶來不幸……最好現在一走了之，然後告訴川崎遊戲結束了，我不會為了祖父松尾繼續待在臺灣。

但是十餘年來一直讓他無法釋懷的「松尾森」，如今就近在咫尺。

健二倒退了一步，接著轉身踩著積水遍地的暗巷往大街上去。

不知是什麼力量霎時又困住他的腳步。他忍不住停了下來，再次回望那老舊的旅社。

第十五章

踏著窄黯的樓階，屋外午後正溫暖的陽光在此被斷然驅逐，他甚至需要謹慎地扶住沿途欄干，拾級而上。

經過樓與樓間的轉角，他暫時停腳喘口氣。整座旅社並非一片死寂，反倒是此起彼落的咳嗽聲，拖鞋磨地聲，馬桶沖水聲，收音機或電視機裡的廣告聲，從每一層樓裡，長長走廊的緊掩門後不時傳出。

大都是賦閒無所事事的老人吧？那麼，他會在屋裡嗎？

櫃檯除了負責收錢，住客鑰匙的保管或進出一概不管。下午班的人員不是那天夜裡所見的濃妝歐巴桑，換了一個跟她一樣有著朝天獅鼻的青年，也許是他的兒子（孫子）？他只管忙著打他的線上遊戲，連電話轉接都懶得，逕要他自己上樓去找：

「五一一房啦！」

沒想到祖父入住登記的名字，用的是「江山」。

特別選了大白天出現，就是為了要洗脫第一次站在巷口，看見此樓矗在夜裡如同荒島瘋人院所留給他的驚懼印象。如今站在五樓樓梯口，沒想到他的心跳仍還是這麼荒腔走板。

擔心的倒不是待會兒門後會出現什麼樣的神話妖魔，而是他能不能維持得住必須的距離，會不會露出破綻？

五一一。

輕叩了門。他說，請找江山導演。

「伊嘸住底加啦！」一個發音不純正的蒼老聲音。

他深吸了口氣，停了兩秒，改口用日文問道：「松尾桑？」

半天的無聲靜止，彷彿門後的世界在他的問語後，正一陣煙般消失中。然後，他聽見椅子在地板上拖過的一點騷動。

下一秒，從門縫中現出了一張臉，他竟完全忘記了事先曾對鏡排練好的，堆起示好的微笑。

是他？……就是他嗎？

他沒料到祖父是個高個子。

沒有滿臉蒼蠅屎般的老斑，不是雙眼白內障混濁的詭異眼神，這個老人，他的祖父，依然是檔案照片中三十年前的平頭。

或許是先入為主，以為年高八十的老人必定是乾癟瘦小，也可能受到之前老照片的誤導，這個第一眼印象讓他微微愕然。

儘管肌肉如今已鬆垮，卻仍可見曾經過鍛練過的身形。他穿著一套螢橙色的運動夾克與褲子，在臂與腿外側都滾上兩條白邊的那種，在一個滿臉皺紋的老人身上，畢竟顯得過於青春而感覺不協調。

再來，印象中老人家多看似營養不良而會顯得蒼白。但祖父的膚色，竟是曾過度日晒後的古銅色，如今成了皮癬似的暗褐。與父親保存的老相片中那個男人最大的出入是，原本帶了點秀俊的那人，如今看不出那種藝術家的憂鬱氣質。眼前的老人散發出一種異常的剛毅，倒像是一個退了休的摔角選手。

「有何指教？已經快二十年，沒有人喊我松尾本名了。」

老人正式開口，那聲音又遠比外表來得年輕許多。略帶沙啞的嗓音不是蒼老，反像是要分享祕密，刻意壓低了聲音說話似的，那語氣反帶了一種奇特的悲傷，彷彿他是需要人保護的，這與他的塊頭明顯格格不入。然而，他打量健二的眼神中卻十分凌厲，內在的情緒緊繃，像是隨時可能會自爆。健二感覺整個人被他如同攝影機的眼神層層搜索。

這樣多混雜又彼此衝突的印象，讓健二當下陷入了一種不知所措。一個無法用常理判斷分類的老人，彷彿一個人經過了太多次的易容，每一次都殘留了褪皮不完全的特徵。

健二有種轉身離去的衝動，要不是對方接下去這一句：「我沒有錢了，別想再動我的腦筋，小夥子。」

「不不！」他慌亂地在上衣幾個口袋中來回摸索，明明記得準備好了名片的：「我是來自美國加州大學的電影系，專程來臺灣想跟您做個訪問——」

健二考慮再三，最後不得已決定用這種方式與祖父見上一面。不必讓一個八十三歲的老人受到太大衝擊，這麼做似乎是對彼此都最安全的一種選擇……

對方考慮了片刻，甚至沒有再做任何盤查，就把門鎖鏈取下。

「你是美國長大的日本人？日語說得還算標準。怎麼稱呼？」

「健二。」他猶豫了一下：「我跟前輩同姓，松尾健二。」

「唔。」

對老人的無動於衷，明明應該感覺鬆一口氣的，卻不知怎麼地，他有被刺了一下的感覺。可見父親與他是真的完全斷絕來往了。他想。在我出生後，父親並沒有寄給過祖父我的襁褓留影，告訴他孫兒的名。

這不正是我所希望的嗎？不用面對令人尷尬的認親？

「看你也不會是來搶劫的——」對方略帶挑釁地張嘴笑了，一口明顯的假牙完整齊全：「劫色，那就更不用擔心了，是吧？」

健二不理會老人仍緊緊盯住自己的眼神，步進房間。

四面牆上的壁紙都已泛黃，且有幾處漏水的蜿蜒水漬爬行，地面是如今已看不出原來木頭顏色的老式拼花地板，典型的一間年久失修的廉價旅社。

但隨即便意識到，這破舊的房間，彷彿有什麼不對勁。

原本想像中，這會是一間像許多老人會喜歡堆滿雜物、或許還會發出怪味的凌亂屋子，或者曾為導演的祖父，也定會有一堆堆存放的資料、剪報、劇照等等捨不得丟棄。沒想到，五坪大的空間，一眼看去就只有旅館制式簡陋的擺設，一張床，一張桌，一個櫃。沒有電腦，唯一的螢幕是窩在牆角的那臺老電視。健二特別多看了那電視一眼，並沒有連接上一臺VHS或DVD放影機。

房間的窗簾整齊地敞拉至兩側繫好，露出對面另一棟樓的泥水牆，遮住了視線，不見天日。

沒有堆放的舊物，沒有久未清洗的衣物發出異味。老人似乎有意不在此留下任何個人的氣味與痕跡，也將過去都丟得一乾二淨。

一個沒有記憶的窩穴。

健二突然懷疑，這是否就是他捨家居公寓，而寧可選擇旅社的目的。與整座旅社的外觀，以及一路走進甬道所見隨地灰塵垃圾景象相比，這個房間的反差，讓人有一種恍如跌進了外太空的失重之感。

「還在念研究所？」

「已經在教書了。」

「為什麼想到訪問我？」

「因為，嗯，我正在研究深作欣二，發現你們這一代，很多導演都曾來臺灣，跟這裡的電影工作人員合作拍片──」

「我以為你是要研究我。」

他不知該怎麼圓謊，老人的聲音依舊有種導演式的權威。他囁嚅著「這個嘛……」虛心的發語，生怕露出馬腳。「那是我下個問題，松尾導演，關於您為何後來留在臺灣，還化名『江山』，是有什麼政治顧忌嗎？」

「深作？我認得他。」老人面對著他，在床緣上坐了下來，眼神溫和了一些：「不過那時候，我們都只是在拍低成本的偵探片。」

不出他所料，這樣一個老人，一定無法拒絕某個「電影研究人員」對他的興趣，一定會慷慨獻寶。而他顯然就要開始這場，為「最後出名十五分鐘」的演出了。

「可以就請前輩談談，那時的臺日電影交流嗎？」他匆匆拿出錄音器材：「前輩，可以錄音嗎？」

老人對健二那個袖珍型筆狀的錄音機很感興趣，伸手拿去前後把玩研究起來：「現在技術這麼好？連錄音帶都不需要了……日本製？」

健二還真不清楚那是什麼牌子的：「噯——我想是。」

「我覺得你問錯人了。」

老人突然口氣一沉：「我來臺灣拍片的動機跟目的，跟深作他們是很不一樣的。我才不在乎什麼交流不交流，我是回到我的故鄉來——你知道我是在臺灣出生的嗎？

在臺灣住到十八歲，直到太平洋戰爭爆發之前。對你們這種年紀的人來說，這個背景太陌生了吧？」然後他把錄音機遞回健二的手上：「開始錄吧！」

健二感覺臉頰一陣惱紅。

如何能夠繼續這場假扮？已經看見松尾森本人了，不僅非他原本想像中的獨居悲慘老邁，反而那股自信與冷漠，教他產生無以名狀的排斥。

從大學時代就在心裡勾勒著這個名叫松尾森的人，近在眼前時，竟然就是一個陌生人，既不親切也不慈祥。

血脈相聯，只是我一廂情願的幻想？健二不解。可是我為什麼要預設，自己看見的會是一個風燭殘年的老人呢？這是我自以為的道德優越感在作祟嗎？難道潛藏在我心底的意念竟是要擊敗他？而如今面對的卻是一個不尋常的對手，讓我感受到了威脅？

「為什麼會害羞起來？」

健二抬起頭注視著他。

「結婚了沒有啊？」

「沒有。」健二把錄音機的開關按下。「那麼，請前輩談談，你們那一代的電影人，都是怎麼開始對電影發生興趣的，可以嗎？」

老人摸了摸頭頂，銀白的一片髭立髮根。「健二──是叫健二沒錯吧？你不像是來做研究的啊！為什麼這麼不自在呢？」

「我的名片忘了帶，我確實是教授了……助理教授。」對方確實具有觀察入微的本領，從他進房開始，審問似的眼神就從沒放過他。

不行，我沒辦法。健二在心裡對自己喊話。

來這裡根本就是個錯。

以為不必骨肉相認，不必對川崎涼子負責，就可以順利來此一睹祖父的本尊，滿足他十幾年來近乎偏執的好奇心。

但是，如今竟會坐在一間猶如牢房般的格子籠裡，反變成是他在接受著松尾森的偵刺拷問。一個讓人不舒服的空間，健二寧願它髒臭陰暗，可能都比眼前的井然有序要來得真實。

不真實，確實是。越是看不見的，反而讓人感覺隱藏充斥在四周。

「對電影發生興趣？」老人猛地站起身，突來的動作嚇了健二一跳。「我注意到你一進來就在打量房間各處。沒錯，我不保留任何過去的東西，能記住的，就存在我的腦子裡。能遺忘，也不是壞事。年輕人懂得我在說什麼嗎？」

老人突然住口，一把伸過手來，使勁抓住健二的肩膀，激動了起來：「你又是為什麼會對日據時期電影有興趣呢？」

因為你。健二幾乎都要脫口而出。

三個月前，也許那是真心的答案。甚至是為了此次見面，他在心中準備了很久的一句腹稿。

此刻健二卻為這樣的濫情感到羞恥。其實，他只是需要一個祖父的幽靈，而非與活生生的祖父交手。

我真的關心這個老人的過去嗎？

我為什麼不敢大聲說出自己的身分？

我憑什麼來這裡像是偷窺一個日據臺灣時期遺留下的稀有動物？

*

他不想放過站在他面前的男人。

他以為他的口氣可以更兇暴一些，表情更不屑一些。

但是當男人終於面對面站在他眼前，青年在仲夏的午夜卻感覺冷得想發抖。

我不是松尾森，我現在的名字是「江山」，男人說。

他有了新的名字，還有了一副迥然不同以往的新造型。

剃短的平頭，染成了銅紅的金髮，練就了寬厚胸肌和海灘日光浴後的巧克力膚色，對一個將近六十的人來說，澈底透露了想與時間對抗的徒勞可悲。青年望著這個男人，看見對方明顯被整型醫師動過刀的眼睛，他想起松尾森曾經擁有的單眼皮，那橢長的眼型中常帶憂傷的眸子。不管男人如何費勁為自己重新打造，在電影散場的人群中，青年還是立刻認出了他。

那張無論如何不可能忘記的臉。

快十年了，男人說。沒想到還是被你認了出來。

遲疑了片刻，他對青年又道：你長大了。

男人開門走進公寓，對於他留在身後的青年既沒有招呼，也沒有阻擋，身影逕沒入點著昏魅燈光的樓梯間，只聽見腳步的回聲。

青年尾隨著那回聲爬上了四樓。他以為男人的屋裡會是全黑，他要趁男人轉身尋找電燈開關時，在他背上狠狠刺上一刀。反正他已經活不長了。新的黑死病哪，醫生看著他的眼光裡並沒有同情，冷冷地壓抑著明顯的不自在。沒藥可醫很抱歉，不知道發病會是何時——對了，有固定性伴侶嗎？要通知他們也做一下檢查。

但是屋裡大亮，電視機嘩啦嘩啦喧囂著，沙發上斜躺著一個二十多歲的男孩子。青年盯著那男孩。粗壯型黑皮膚，僅著一條小內褲，一邊看電視一邊伸手在一盆爆米花裡抓，大把往嘴裡送。他一點也不奇怪有陌生人出現在家裡。

家裡。青年輕聲唸了一遍。

男人不但改變了自己的造型，連口味也澈底更新。

青年想起男人從前總愛撫著他的頸，誇讚他細緻的肌膚，說是青春摸起來就如同一塊緞面。他把青年帶回那時的寓所，跟他說，以後這裡就是你的家了。

你出去走走，我有客人。男人邊說邊掏出了一張鈔票，塞給了小山豬一樣的男孩。

終於，只剩下他們倆，在有光的所在無言相對。

你的男友？青年開口了。

你說阿牛？男人開冰箱，取出兩罐可樂。他住這兒。他說。

青年不懂這個答案。

你看起來臉色很不好。男人瞟了一眼便迅速收回視線，像是有預感告訴他：不要多問。

青年不作聲。他打量著屋裡張貼的電影海報，《桃太郎大戰孫悟空》、《濟公笑傳》、《排山倒海樊梨花》、《廖添丁：忍者對決》。導演：江山。

你拍片速度越來越快了，國語也進步了。

這些電影都是符合臺灣觀眾口味的，賣座都不算差。男人如此回答。

當年的雄心壯志呢？要拍一部讓所有臺灣觀眾動容的電影，是他說過的話，不是嗎？青年心裡默唸。男人的口氣，好像改變自己是天經地義，又如此容易的一件事。

我已經不是以前的我了，所以，要面對你是不容易的……男人遞上一杯可樂：如果你不諒解，為什麼我都沒有跟你聯絡的話。

青年嗤地一聲冷笑。

是真話，男人說。

青年拉起夾克的拉鍊，感覺內袋暗藏的扁鑽硬邦邦抵住了自己的心臟。

可是男人仍然沒忘記那個叫林江山的茶商之子。

初看到「江山」這個名字，他一時間還沒有想到。現在他明白了。

青年摸了摸胸口，自己都驚訝突然在心中浮現的念頭。

真的不是預謀。連他自己也不相信當下他的速度怎麼會如此俐落迅速。在男人轉身脫去上衣的幾秒瞬間，他胸前藏著的扁鑽已經換了地方。

他聽見男人的一聲痛苦驚叫。他控制著自己手腕的使力，不要插得太深，至少在他說完他要說的話之前——

聽話別動，否則我就要用力了……不不不，我也不能現在就拔出來，你大概不知道扁鑽的使用方法吧？現在拔出來會非常非常痛——

他的扁鑽現在像從男人的背腰處長出的一支短尾巴，他只要輕輕晃動一下握柄，男人的哭喊便如同隨著開關開啟準確發聲。

不要出聲，他說。

男人看不見他的臉。他被推擠到了牆邊，整張臉貼上白牆無法轉動。他無法看見青年正在流淚。

聽我說，聽清楚我的每一句話。你在聽嗎？

男人唔了一聲算是回答。

我本來不想告訴你的，但是我覺得，你是這個世界上最應該跟我分享這個重要消息的人。

青年把臉湊近了男人的耳邊。我得到了那個該死的病，他說。早就應該通知你了，可是找不到你的人——你不覺得，這件事，你的貢獻不小嗎？

不是我，絕對不是我，我做過檢查，我沒有事啊！男人憤怒地抗議著，隨即更咬牙切齒地發出痛苦的哀嚎。

真的嗎？青年的淚早已停止，現在他的臉上有種恍惚的笑意：可是都沒有人可以共享這個祕密。我們以前不是有很多共享的祕密嗎？你記得你曾經說過的那些事嗎？例如你曾經說，你和你的林家大少做過一個美夢，到了上海你們要去領一個孩子。你那時候是這麼告訴我的，所以我就像你的孩子一樣……記得嗎？想起來了嗎？

換成男人在哭了：我真的不記得了……求求你……

你覺得，你的林家大少也會想睡我嗎？青年嘿嘿笑了兩聲：你在求我什麼呢？我不懂——

不要、不要，殺我……男人的音量微弱了：求求你！

我不會殺你，我怎麼會想殺你呢？我只是要你做一個簡單的選擇題而已。聽好了。做完選擇題，你就可以回去好好過你的日子，好好活下去。準備好了嗎？二選一，很容易的——你是要我這一刀再插深一點呢？還是，你把褲子脫了，讓我插一下？

你瘋了！瘋子瘋子瘋子！

讓扁鑽插？還是我來插，嗯？

你不可以這樣——我為什麼要——？

看來你是比較喜歡扁鑽吧？

青年並沒有使力，只是輕輕扭動了一下手中的把柄，男人便已經漲紅了臉，哭得痛不欲生。

那就脫褲子吧！賭一下，也許一點事也沒有——

事前他毫無概念，這樣的選擇題，竟可以讓人接近崩潰的邊緣。真的不是預謀。

他深吸了一口氣。但是，何妨，偶爾，相信一次自己的直覺，他跟自己說。也許，這麼做，才能讓這一切真正過去，從此不必，再妄想，報復的可能劇情。但是他必須夠勇敢，夠堅定。男人的啜泣聲令他開始極度緊張，緊張到已無法好好享受，對方被這道選擇題折磨的每一個表情變化。

快點決定，否則我就要轉動我的扁鑽了——

他聽見男人褲帶銅扣發出聲響。

他竟然猜錯了，他以為男人會選擇挨刀。

等一下！青年說。我還沒硬，你還得先幫幫我。

現在這個姿勢，我沒辦法——

誰要你用你的髒嘴碰我？想太多了。我要你用說的，說到我有感覺為止——

男人用力吞嚥了一口口水後，接著以極虛假的聲調，上氣不接下氣地開始討好：我我，好爽我要你的你的——來幹我——我我我……幹我……

他這輩子沒聽過這麼悲哀的求歡。

夠了。你這種叫法會讓我有感覺才怪！乾脆來說個故事給我聽好了。

你要聽聽什麼——？

告訴我，你幹你那個林家大少的時候，是什麼滋味？不簡單啊，人家還是臺北帝大的嘞——

你為什麼要——你侮辱我就好，為什麼還要扯上一個死去的——

他沒有讓你幹他嗎？還是，原來你以前騙我！其實是他肏你的？原來是這樣的嗎？

突然房裡一切都安靜了。

我還記得，記得你以前跟我說過一個日本人寫的舞臺劇，叫《陳夫人》對吧？青年打破沉默道。

是……男人閉起了眼睛，語尾無寂而終，準備好從容赴義般咬緊了牙根。

你被肏的時候，覺得自己是「林夫人」嗎？——

男人不作聲。

我那時覺得那個故事怪怪的，後來才發現怪在哪裡。人家西方有《蝴蝶夫人》，寫的是日本藝伎為白人軍官殉情。為什麼一位日本男性劇作家，會寫一個日本女人嫁給臺灣男人做牛做馬的故事？你不覺得應該反過來才對嗎？……可是你們自己人都把日本人想成女性了，我能有什麼意見？……對了，你想知道，我是在哪裡看見你的嗎？……《俘虜》，記得那部片子嗎？天底下就有這麼巧的事，我們看的是同一場電影！散場後我一路跟蹤你，你都沒發覺吧？……這是題外話。我想說的是那部電影，導演也是日本人吧？你覺得為什麼要讓日本軍官愛上白人軍官，而不是白人男主角愛上日本男主角？……好，我現在來告訴你為什麼。日本人骨子裡對自己的血統是感覺低下的，你們永遠在找尋優秀的血統混種，這就是你們最後戰爭會失敗的原因，懂了嗎？真可惜你這個「林夫人」混不出一個種來——

我的血統是低下的！

男人無預警地嘶嚎起來：停止，停止，停止！

青年楞住了。

他連將扁鑽拔出的力氣都瞬間流失了。

他的勝利來得太容易也太廉價。沒想到十年來的鬱積醞釀，就被這樣的一句給破了局？

我做了什麼？

我怎麼成了這樣一個人？

＊

門外有人。

什麼人？正用日語喚著，竟然是我的名字。松尾先生、松尾先生……

「什麼人？已經快二十年，沒有人喊我松尾本名了。」應該是我午睡的時間了。

咦？書卷味的年輕男子啊——

你們太貴了。是因為我是老人所以都想敲我竹槓。我沒有打電話啊為什麼派人來？被騙光了，大學生很壞的，一個一個都以為我有錢。不相信有沒錢的日本人嗎？

我早就不是日本人了，為什麼沒人相信？——

「我沒有錢了，別想再動我的腦筋，小夥子。」出生美國的日本人。出生臺灣的日本人。出生日本的美國人。出生日本的臺灣人……怎麼統統都跑到臺灣來了？什麼？深作欣二？

「……我是在臺灣出生的，我在臺灣住到十八歲，太平洋戰爭爆發之前。對你們這種年紀的人來說，太陌生了吧？」你們無法想像，如果日本沒有戰敗，這個世界根本就會是另一個樣子……雖然是美國人，日語說得還不錯……長得還挺有模有樣的，喝牛奶吃麵包長大的畢竟還是不一樣吧？……臺日電影交流？這個問題不是你這個年紀的人能夠理解的，因為那個年代什麼東西都統統混雜在一起的，無所謂交流，這是你們現在的新鮮名詞。哪有什麼臺日之分？連在中國也都是支那日本分不清的……「我覺得你問錯人了。」……三船敏郎是中國山東出生的……你一定知道李香蘭，可是中國那時候還有一個紅得發紫的男明星，金燄，沒聽說過吧？……跟阮玲玉主演過《桃花泣血記》的金燄，是朝鮮出生的，那時候朝鮮也是日本的殖民地……所以哪有什麼臺日交流的問題？朝鮮血統的日本人金燄當時是中國第一小生……

長得確實帥氣的朝鮮人，後來「滿映」也急於拉攏，還娶了《漁光曲》的王人美不是？……年輕人，不是你想的那樣，什麼中日臺，那是完全不一樣的時代……「能記住的，就存在我的腦子裡。能遺忘，也不是壞事。年輕人懂得我在說什麼嗎？」……我是怎麼對電影發生興趣的？這又是一個奇怪的問題。有誰不愛看電影的？有誰能不對電影發生興趣？

該問我第一次對電影有強烈印象，還比較容易回答……臺北國際館，昭和十五年。對沒錯，昭和十五年，一九四〇年。我第一次走進了現代化的電影院。以前只有在學校禮堂看過新聞片……國際館嘛，就在現在的西門町……日本人去國際館看電影，臺灣人去大稻埕的第一劇場、太平館……可是上演《支那之夜》的國際館卻擠進了許多臺灣人——

我對電影因此產生興趣嗎？不如說是我對看電影這件事變得熱中起來——「你又是為什麼會對日據時期電影有興趣呢？」——黑黑的電影院裡，是日本人還是臺灣人、工人還是老闆、老的少的，都沒有分別了。情人們在電影院裡約會，偷偷地握著彼此的手。我也是第一次在電影院裡，感受到夢幻的幸福——

支那來的電影在臺灣很轟動，我也愛看支那電影像是《木蘭從軍》、《萬世流芳》……如果日本沒有戰敗，日本電影也都會是來自支那的明星演出……如果日本沒有戰敗……我和大哥早就已經到了上海……昭和十六年，李香蘭在臺北大世界館登臺演出，轟動全臺，我和我的結拜大哥，那晚親睹了李香蘭的丰采。……一個很窮的日本男孩，和一個臺籍富家子成為結拜兄弟，你覺得——你說說看——放在今天，這會不會是一部動人的電影？——《支那之夜》的主題曲我還會唱哩！——那首〈蘇州夜曲〉，不會忘的，連歌詞也記得清清楚楚啊——

君がみ胸に　抱かれて聞くは
夢の船唄　鳥の歌
水の蘇州の　花散る春を

惜しむか　柳がすすり泣く
花をうかべて　流れる水の
明日のゆくえは　知らねども
こよい映した　ふたりの姿
消えてくれるな　いつまでも

髪に飾ろか　接吻しよか
君が手折りし　桃の花
涙ぐむような　おぼろの月に
鐘が鳴ります　寒山寺

真是好聽的歌曲哪！……

那時候我和大哥會模仿著電影中的畫面，他哼著歌，牽著我的手，在黃昏人影較稀少的時分，走在當時還沒被美軍炸毀的龍山寺圍牆外，假裝那裡就是支那蘇州的寒山寺……

來來來，就像這樣，牽著手……「你的手指好長啊，這是聰明的手相喔……你幾歲了健二？」……年輕的皮膚呢，我的這雙手都快忘記沒有皺摺與鬆皮的人體，摸起來是這樣的感覺了……

年長一些的男人通常是比較溫柔的。男人跟男人牽牽手，有什麼好害羞的？「做學生的時候，都沒有被成熟的大哥哥或大叔疼愛過嗎？」……我很幸運喲遇見了大哥，那年他十九，我十七，他會扳起我的臉——像這樣，深情地對我說：阿森，你是我的喲……

抱住我吧，大哥，去了上海要來信，我們就要一起逃去一個沒有人認識我們的地方了——可是，徵兵令來了——不要走啊大哥——

年輕人，你要去哪裡？你不是要我告訴你，我怎麼會成了臺灣電影導演「江山」嗎？年輕人——

＊

他只記得，那是夢，那也不是夢。

不要離開，再陪我一下……

少爺緊緊抱著他，口裡卻一直喊著一個陌生的日本男生的名。

他把一身酒氣的少爺放在床上，幫他褪去了那件支那女衫。

他舉起少爺的腳踝，把衫裙緩緩拉出。隨著長衫的褪去，先是裸出了少爺的肩膀，然後是胸口與腰臀……少爺的皮膚帶著淡淡的粉紅色，他一直就懷疑，他們家幾代以前一定混過荷蘭人血統。少爺的鼻梁高挺，皮膚白皙。看著臥睡中的這個英俊男體，他情不自禁便傾身過去吻起對方的乳頭。

他被人一下用兩手托住了頭，他剃得青白的頭頂被溫柔地撫摸著。沒有拒絕，沒有試探，沒有目光交會，即進入了一個既陌生又彷彿熟悉身體，一個國度，一方想像的祕土。少爺低沉的呻吟聲他一直記得，遺憾的是他看不見對方真正的表情，因為少爺的眼睛始終緊閉。

除了那僅有的一瞬。

少爺突然張開了眼，困惑地，彷彿記不得他是誰。只因為他在喘息中迷亂喚出的那一句：「江山哥——」

電流排山倒海爭相抵達隘口，他不敢聲張，在射出的一刻滿臉肌肉抽搐，男性的虎嘯擠壓成公雞的哀啼，從齜咧的嘴角噴出，自己都知道那表情有多醜。

床上的人咯咯發出了笑聲。

起初只像是因為他出其不意的呼喚而不知所措，但那笑聲逐漸失控，哈哈哈哈哈——阿森慌張地用手去抹掃溢流的漿體，捧住了，又漏了；哈哈哈哈哈——四周一片漆黑，尖聲的嘲笑無處可躲：「江山哥」？哈哈哈哈哈——他聽見被漲潮灌滿時的自己被奚落，沉醉的愛語成了如此滑稽又卑賤的聲調——

下一秒少爺的咆哮雷轟般炸起：混帳！江山哥是你叫的？你有什麼資格叫我江山哥？你是什麼東西？

一定是自己的幻覺！那一夜的記憶……

沒有人能抗拒他的堅挺賣力，張腿聳起成島岸丘陵的十九歲少男之體他攀上過它的頂峰。那個被他用力挺入的身體，發出的是求歡渴笑要他再來一次，不可能是喜怒無常的歇斯底里，那一定是雲端的狂喜被他錯聽——

一定是的。

因為之後每當少爺又有需要，便會在用過晚飯後從正在收拾杯盤的他身邊走過，神不知鬼不覺拉拉他的衣袖。他並不介意這樣，也刻意不去注意什麼時候少爺又更換了囈喃中呼喚的人名。很快他就讓自己習慣了少爺永遠只是維持假寐的沉睡之姿從不肩睜眼。即便他得幫少爺完成所有的需求而自己連想觸摸一下對方的臉都會被一把撥開，他覺得這仍是他活著少有的快樂時刻。在滑動著手口，努力如汲水幫浦般忙碌的過程中，他總會一遍遍在心裡偷偷歡呼著：我喜歡江山哥……

大稻埕茶商世家之子
與日本來臺發跡礦業家族之女
近日成婚

消息登上報紙他也曾經被大家的開心感染，認為是件值得為少爺高興的喜事。宮信小姐第一次來府上那日還記得院子裡的一株櫻花正好盛開，看見少爺在綻放的花樹下與美麗大方的宮信小姐竊竊私語，他也曾經覺得好美的一幅畫面。

美麗的事物與他的生命一直是不甚相關的，他早已經能夠接受這樣的命運。能夠讓少爺在他的竭力殫精後露出享受的表情，已是他生命中少數美麗的記憶。後來為什麼不能讓祝福少爺的心情更持久一些？為什麼開始覺得不甘願了呢？男婚女嫁是如此值得期待的人生，他也希望有一個屬於自己的家庭啊！當然不可能討到像宮信小姐這麼美的新娘子，不過……

他的心隨著迎娶的日子愈接近，愈感到像沙丘逐漸被風蝕掏空而隨時可能崩塌。他以為少爺會來跟他說兩句話，至少說兩句跟他說我們都要長大成為一個男人了，跟他說謝謝了我會記得你其實這樣就夠了。

這樣的期待越來越像是垂死前念念想見某人一面。明明知道什麼事也改變不了，他只是期待能找到一個機會跟少爺道別。但少爺總是躲得他遠遠的……原來那些夜晚真的只是幻覺最終也只能是他一個人的幻覺了……

沒有得到拉袖暗號的邀請，他鼓起勇氣推開了少爺的房門。不知道要怎麼啟齒因為已經太遲了喜帖都已經發出。他不敢看對方的眼睛一逕垂著頭走進了雖然進出多次卻並不允許久留以致仍感陌生的房間。

少爺要結婚了，我，我有幾句話想說……

誰讓你進來的？

少爺臉上的表情起初一片空白，一個下人的斗膽闖擾似乎令他困惑而顯出了短暫的無措。但沒想到接下來少爺嘴角一斜要他把門關上：既然來了就做一下吧！走到他面前，等他就地對準位置跪下幫他解開褲襠。

不要⋯⋯

說得非常小聲卻讓少爺臉上立刻出現被激怒的表情。

少爺你會不快樂的，為什麼要答應婚事？

少爺完全不予理會站在原地不動，果然等到他就範塞滿了一嘴。

但是抽動沒幾下這回淚水流進了嘴巴嗆進了喉嚨他做不下去便開始哭了。

我知道我很低賤，我很骯髒。但是我願意努力，讓自己看起來討人喜歡，不會丟少爺的臉。請讓阿森陪在少爺身邊，阿森會用生命保護少爺。如果就這樣結婚了阿森覺得實在太不忍心了，這樣以後少爺想要的時候阿森又不在您身邊怎麼辦呢？阿森在想——

他一股腦憋著氣如同往不見底的深水中搏命一落。突然四下的聲音全部消失，除了自己宛若臨終的餘音：

不，阿森什麼都不想，只希望能留在您身邊，江山哥——

第十六章

一九四一

那一年，林家萬水小姐與準夫婿抵臺過農曆春節。

為留美的這位未來中國女婿安排吃住，林太太煞用了心思，原來客房是榻榻米的和室設計，怕未來女婿睡不慣又特別加添床鋪，又嘀咕著不知對方飲食口味，特別請了大稻埕「蓬萊閣」的廚師做了幾味具中華料理風的菜色送到府上。

儘管語言上仍有些隔閡，席間的氣氛還是融洽的。林老爺經常中國與南洋來去接洽生意，又加上早年父親在家裡為他請過私塾，漢文字底子算是不錯的。林太太雖要靠女兒在中間做一些補充或翻譯，但是這個未來女婿看上去文質彬彬，林太太心情一好話也說得多了，閔南語中國話此起彼落，聊得越發熱絡。只有林江山像是置身事外，半天不曾加入話題。

「小山，大學生活如何？」做姊姊的離家三年多，還是習慣用小名呼喚印象中好像才剛念中學的弟弟。

「每天亂跑，沒看他好好念過書。」母親埋怨地朝兒子瞟了一眼：「妳看看，頭髮留這麼長，過年了也不去剪個頭——」

萬水微笑了起來：「是在交女朋友了嗎？」

「我也沒看他有跟什麼姑娘在交往，看他那無精打采的樣子，哪家姑娘會看得上眼？」母親邊說還是邊寵愛地伸手，想要幫兒子撥開額前垂下的長瀏海，江山咕噥一聲就縮身想躲。

「他就是被妳母親寵壞了。」林老爺轉向客人：「鍾先生別見笑，我們家不是老古板，但是這個兒子確實欠管教。」

「是時代動盪吧，年輕一代都變得比較沒有方向感。」

讀書人說話文謅謅，但是林老爺聽得懂話中的意思。「鍾先生怎麼看呢？你從美國回來，應該更了解這局面的發展——」

「吃飯吧，別這麼嚴肅——」林太太陪著笑臉夾菜：「我們這裡的紅燒獅子頭，口味還好嗎？」

「以後都是一家人，有什麼話不能說的？鍾先生——」

「叫他毓琦就好啦，歐多桑！」萬水插進話來：「這事我也跟毓琦討論過。他拿到了一份博士獎學金，正在猶豫要不要回去美國。我跟他說，萬一情勢有變……」

「講這些多讓人不舒服啊！」林太太雖仍是笑，但是不自覺已經放下了手中的筷子。

「你們在這裡的生活竟然還能這麼安定，真讓人意外，母親也許不知道，日本本國的情形真的是不太平靜呢！」

「我們的軍隊不是一直在打勝仗嗎？」之前沒作聲的江山突然表示了意見：「姊姊在中國住太久了，每天面對的都是戰爭與貧窮。臺灣正在發展，妳都沒有看到嗎？」

說完他丟下一句吃飽了，便起身離座走出飯廳。林太太嘆了一口氣：「我真不瞭解他究竟在想什麼，都是這麼陰陽怪氣的。以前我們看臺北帝大的學生都是真優秀又上進，怎麼他進了大學反倒學了一身壞習慣，學校都不管了嗎？」

第一次來作客，鍾毓琦被這未來的小舅子惹得有些尷尬。他跟萬水交換了一個眼神，才接著林太太的話道：「剛剛弟弟在，不好明說。依我看，這場戰爭恐怕會讓日本元氣大傷。弟弟他們這代的年輕人，受到軍國主義思想的影響很深，並不是好事。」

林老爺若有所思地喝了一口紅棗雞湯，卻全然喝不出滋味似的，忘記這可是他在「蓬萊閣」最愛的一道菜色。

林太太見桌上氣氛不對，堆起笑臉轉向萬水：「我看哪，乾脆讓弟弟早點訂個親，也許就不會每天掉了魂的樣子。」

「如果真有這個想法……」萬水先是掩嘴笑而不語，「是這樣的，我們搭船回來的路上，認識了這位小姐，氣質大方不說，家世也好。我們一路上成了朋友，很聊得來。我那時就跟毓琦說，歐多桑會喜歡她當我們林家媳婦的。」她把對方大概又描述了一下，林太太果然精神一振。

「老頭子，是宮信初太郎的姪女呢！」林太太聽到這位礦業富商之名，隨即徵詢起丈夫的想法：「你也認識宮信先生不是？」

做父親的當下未置可否，只說年輕人的戀愛他管不著。飯後與萬水單獨在書房裡談心時，他卻又重提此事，並打聽了更多有關這位宮信小姐的情形。

「妳阿公不希望妳嫁日本人，現在他在天之靈可以放心了。娶媳不同，嫁進門就是我們臺灣人了。如果這位宮信小姐讓妳和毓琦都留下這麼好的印象的話，不妨讓他們先認識一下也好……」林老爺把女兒的手握在自己的大手掌中，剛才在飯桌上一直隱藏的憂心神色終於現形：

「妳說得沒錯，這半年來臺灣的熱鬧繁華很是反常，尤其從日本接二連三有名人來訪問，作家電影導演藝人音樂家都在發表作品，大力地歌誦著此地的美好與現代化，我擔心這都是政策性的混淆視聽，不知道想要藉此隱瞞什麼？……」

「中國的情形也很混亂，左派在學校裡的活動越來越活躍。」

「妳和毓琦大概已經決定會去美國，只是剛才當著妳母親的面不好說出口，我沒說錯吧？」

「歐多桑──」

「我懂。萬一戰爭擴大，臺灣最後不知道又會被哪邊的軍隊占領。妳和毓琦如果想在美國待下來，我是不反對的。倒是江山，從小嬌生慣養，真有個什麼情況，他是完全沒有能力應付的。娶個媳婦，如果娘家有實力有關係，我也比較放心。況且──」

彷彿自己都難以啟齒，他從未在子女面前將這心底的話吐露過：

「就當是多押一個籌碼吧！日本如果繼續強大，戰爭最後得勝那最好，如此一來，讓妳弟弟跟日本的關係更近些也是必要的。都已經快五十年了，臺籍人士的事業再怎麼做大，還是會被貼上本島人三個字。只有內臺通婚，才可能有一天真正改變這樣的情形。妳也是啊，雖然阿公從小教妳漢文詩詞，妳的身分還是日本殖民地居民，依然在中國會受到懷疑。時代這麼不確定，妳和江山，一人去美國，一人去日本，再看看未來是什麼情形吧！我也只能想到這樣的安排了——」

「歐多桑不要想這麼多了，好像人家宮信小姐已經決定要嫁我們家小山似的！」

萬水佯裝取笑父親，其實也是想掩飾自己內心的不安。

「我們家小山有什麼不好？也是一表人才哪！」

「是哪，還好比歐多桑英俊多了！」

下人送茶進來，讓父女的聊天暫告一段。

「阿森啊，你去叫少爺來一下。」

「少爺他出去了。」

日本少年恭敬地以不標準的臺灣話回答，維持著半彎腰姿態。

無聲地退下，並把書房門輕輕地帶上。

今晚他的衣袖被人輕輕扯動，心情像簷下的風鈴，被驚醒後開始歌唱。

他看到二樓少爺房間裡亮著的燈光。

二〇一〇

沒有真正冬天的加州，這一天空氣異常沁寒。清晨慢跑在無人的馬路上，像有一道極薄的看不見的玻璃，在他迎風穿透時發出輕脆破碎的聲音。

健二仔細地數著自己的呼吸，專心在手腳如此協調的律動上。他越過小公園，經過了購物商城前的停車場，週日的上午那兒特別顯得空曠。他轉個彎回頭，決定進商城裡購買一些雜貨。

日本人在此投資的賣場，早已吸引的不光是亞洲顧客。美國這些年吹起了輕料理健康飲食風，尤其是中上階層的年輕白人，特別愛來此研究貨架上不同的白米糙米，冷凍架上包裝美觀的生魚片，還有那些奇奇怪怪的花茶精油。

健二在現做壽司的攤位前駐腳，用日語點了照燒鰻魚與辣鮪魚兩種口味。他記得在這一區新開了一個專賣陶燒茶具與酒器的小舖，他告訴自己，也許該去挑一套新的燒酒杯壺。

週日的晚上，經常父親在飯後出現。他們已經有了這種不定時喝上幾杯清酒的默契，雖然健二一直沒有抽空去訂作他早先承諾的榻榻米。

在等待的空檔，順便伸展了一下腰腿，然後習慣使然，他取出了手機，上網檢查自己的信箱。

有一封日文的郵件，發信地址並非常用聯絡人，主旨寫的是「松尾森」。

是那個川崎涼子。

健二：

收到此信，你一定感覺驚訝吧？儘管我們有過不愉快的爭吵，但是我有這個責任和義務通知你，你的祖父在上週過世了。

松尾導演因為感冒引起肺炎，走的時候沒有人在他身邊，我很遺憾。但是基於對他的尊敬，我和電影館的同仁幫忙處理了他的後事。我不知道你有無將祖父骨灰接回的打算？如果有請盡快告知，不然我們便代為安排海葬。回到他出生地，你也去過的東海岸小鎮，把骨灰就撒在太平洋。

電影館一切都好，雖然我已經不再是館長，目前只擔任策展工作。如果你有聽說有關我們這個基金會的任何傳言，那都不是真的。不過我想健二根本也不會去注意這樣的新聞吧？

對於你當年突然匆匆離去，老實說，還是會有一點生氣。我不曉得你去拜訪祖父的時候究竟發生了何事。但是，松尾導演在獲獎上臺那天確實是十分開心的。你的缺席讓這件事留下了一個不能彌補的缺憾。

我考慮許久，決定趁著通知你松尾導演過世消息的同時，還是把那天頒獎典禮會場的實況錄影夾在這封信的附檔裡。另外一個檔案，則是你一直沒機會看到的那部修復的作品《多情多恨》。

健二如果到臺灣來，不妨與我聯絡。有機會的話，還是會希望與你合作。我不是一個不識大體的人，而且真心覺得健二是很優秀的。

被壽司店家連喚了好幾聲，健二才從沉思中回過神來。他接過了紙袋，經過陶燒器舖也渾然不察，就這樣步出了購物中心。

他慢慢走著，陽光已經比出門時強了，他卻感受不到氣溫的升高。從公路對面的那片社區住宅的屋頂一路遠眺出去，可以看到細細一線海洋的湛藍。

他又掏出手機，撥了電話。

「爸。」他緩住自己略為不安的口氣：「祖父過世了。」

那頭沉默了有足足二十秒，最後對他說：「晚上有空回家一趟嗎？」

整個上午，健二都坐在窗前發呆，等待著黃昏來臨。他有很多話，想要跟父親說，關於去臺灣的那次行程中，他一直沒向父親提過的某些事。

桌上的電腦螢幕頁面一直停留在早上的那封信。健二猶豫著，因為祖父的最後活動身影就在檔案中。也許，他的父親會想要看看那檔案裡的人？

終於，健二伸出食指，按下了「下載」與「儲存」。要開啟嗎？還是等晚上見了父親再決定？他用食指敲了敲桌面。

管他！他抿了抿唇。應該先來檢查一下內容才更妥當吧？開啟檔案。全螢幕放大。健二坐直了身，發現兩個檔案的名稱標示顛倒誤植了。按下了「松尾森」，螢幕上閃出的卻是一幅日據時代某臺灣小鎮的街景。一個穿著詰襟樣式黑制服、頭戴白線學生帽的面貌清秀少年，一路喊著：「先生！先生！」

從遠景到特寫，一張陽光般的笑臉。片名字幕打出。

這應該不是電影劇本裡原先所寫的開場吧？究竟是個什麼樣的故事，如今會是這般模樣？

窗前的男人靜靜面對著畫面。素未謀面的少年五官，比翻拍老相片中要來得清楚。但是，這回和他第一次看見少年照片時，同樣出現了微微吃驚的感覺。因為有一種詭異的似曾相識。

他按下停格，靜態端詳，然後恍然大悟。

他想到的是那張祖父抱著嬰兒的泛黃照片。少年與二十來歲的祖父，眉宇間有著如此類似的氣質。

二〇〇七

月臺上那個男的一直在看著我。我知道他也覺得我眼熟。等我想開口的時候，他卻轉身走開。

我想問他，你阿公好嗎？

唉，日本人都有點奇怪。

那個這陣子一直跟在我身邊的女人，這時不知又從哪兒跑了出來。

那個人，我認識他阿公，我對那個女人說。她把頭轉過來轉過去，沒看到月臺上有人，於是對我皺了皺眉頭。我們回去囉，她一把托起我胳肢窩，把我從椅子上拽起來。

唉，每次都這樣，我說什麼都好像沒人能懂。

他阿公他阿公——我努力地回想，卻又想不起來那人阿公的長相了。我問身邊這個女人：你認識他阿公嗎？

我聽見她低聲唸著：又發神經了。她還以為我沒聽到，我得意地哈哈大笑起來。老羅在等，我說。走走走，快回去。

老羅住在一個罈子裡，沒事就會跑出來。小羅就不可以亂跑，他睡在很深的地下。

他們說要帶我去看老羅，我說不用啦，我想看到他的時候他自己會出現。

不知道小羅現在好不好？

那個日本人的阿公也在等他喔。

以前老羅也聽不懂我在說什麼，但是他就不會像我身邊其他人一樣，完全不想理我。他總是會認真聽，雖然我問他什麼他都給我亂回答。

比如說，有一次我跟他說，你兒子在生病，他說沒有。然後就看見小羅回家來了，人變好瘦，一定是有病了。我看見穿白衣服的人把小羅帶走了，老羅哭得好傷心，我想告訴他，小羅已經不傷心了，所以我們也不要哭。但是老羅就是不懂。後來老羅自己也生病了，都沒有人帶我去看他，等他又回家來，一進門就問我阿妹好嗎？我就知道，他真的都康復了，而且頭腦比以前清楚多了。

我把胳臂從那女人的掌中抽出，站在候車室中央開始喊：阿妹啊——阿妹？——要回家了喲！

那女人嚇了一跳，叫我不要亂叫。

我不理她，繼續叫喚我的阿妹。不知野到哪裡去了？我知道她喜歡躲進站長室的書桌底下，跟我玩躲貓貓。我才要走近去探頭找，就看到阿妹一蹦一跳從站長室跑了出來。

我說：鞋鞋呢？

那女人插嘴進來：不是好好穿在妳腳上？

我看著阿妹只剩左腳上一隻粉紅色塑膠拖，便對她嘟起嘴做出生氣的樣子。阿妹跑回站長室，再出來的時候，兩隻腳上都停著粉紅色的小蝴蝶。

我讓她牽起我的手，對她說：爸爸在等我們喔。

女人叫我別亂走，她去把車開過來。

我趁她不在時把阿妹抱了起來，親了親她的小臉。我知道那個每天與我形影不離的女人不喜歡阿妹，從來也不會對我的寶貝女兒有任何關心的表情。

我們上了車後，那女人就開始一邊開車一邊講電話。我沒有任何人可以聯絡，但是對她手中那個小小的機器十分好奇。

幫我撥電話給小羅好不好？我說。我想不出還有誰是我想知道近況的。

妳坐好，不要亂動。那女人回我一句。

車窗外是那個剛剛在看我的日本人，慢慢在路邊步行。車子一下就開過了他的身邊，我來不及搖下車窗。

他的阿公他的阿公——我還是想不起來，為什麼我會認得他阿公。為什麼就是想不起來呢？反而很多人說認得我，我卻一點印象也沒有。

像是上次那個穿西裝的男人，一直對我說：蘭子，我是阿昌。但是那怎麼可能是阿昌？穿西裝的男人臉上烏漆麻黑的，都是陰影，我根本看不清他的長相。阿昌眼睛大大的，一口牙齒好白，我當然會認得。所以我故意轉過臉去不理他。結果老羅後來跟我說，那是阿昌沒錯。

老羅生病以前，話比較少，現在比較愛說話了。以前他回到家後，都是我在說他在聽，我把阿妹發生的事描述給他聽，他從來不會先問，我們的女兒今天怎樣？大概阿妹跟他相處的時間不夠多，她一直對老羅有點怕生。

生完那場病後，他會主動跟阿妹親近，女兒也比較不怕他了。真奇怪一場病之後，怎麼會有這麼大改變？

老羅啊，你那時說你年紀太大了，應該找一個年紀比你輕的，才能照顧我和阿妹。但是你錯了。到頭來不都還是你在照顧我們？我沒有看走眼。你初來到鎮上的時候，我那時才多大？我就已經偷偷在注意你了。我好喜歡你的眉毛，最喜歡看你畫看板的時候，叼根菸皺著眉頭的樣子。養母她們都說你這種老芋仔會打女人，前一個老婆一定是被你打跑的。但是我不相信。我就知道你是一個好人。

我沒有看錯。老羅，我們的女兒眼睛眉毛好像你喔！老羅，我為你做的太少了，你都沒怨過嗎？阿妹，爸爸這一輩子很辛苦，妳要記得喲——

車子開過了墓園。

我不敢再打斷那女人，她正在電話上聊得好開心。我只能回頭看著墓園慢慢倒退，越退越遠。

我問過老羅，為什麼我們不再去看小羅了？他說，小羅現在很平靜，我們不要去打擾他。

也不會有人來打攪我們了。我說。總算，不用怕任何閒言閒語了，終於我們是一家人了。

低下頭，發現阿妹趴在我的胸口睡著了。

看著她一排小小睫毛在夕陽的光線中閃爍，像金色的蒲公英，我微笑了起來。

一九八四

他醒來的時候，父親正站在他的床邊。

或許已站在那裡看他好一會兒了。

幾點了？

他揉揉眼睛，踢開印著米老鼠圖樣的薄被，自己又在這個房間裡醒來竟是如此不真實的感覺。

過中午了，不知道你要不要吃午飯，一直沒敢叫你起床，父親說。

他為自己的酣睡歉意地笑了。喔好好——爸你先吃，我馬上好。

在父親面前不能流露出其實他很懊惱，白白睡過了一個上午。他原本計劃著還有一些雜物要清理，要走總要打理過才好上路。

這房間的牆上，多了他當年離家前沒有的幾張卡通人物海報，是蘭子與女兒住在他房裡時貼上的吧？他竟然與蘭子的女兒，自己的妹妹，從未見上一面。如果人們對死亡的傳說有三分可信，他不知道明天是否他就終於有機會見到了？

他認真地把米老鼠被褥疊整，端放在床尾。看了看，又把它移到了塑膠衣櫥裡，然後把櫥布拉鍊拉上。因為用不到了，他想。

洗臉。刷牙。漱口。

時到今日他已經做了不下萬千次的這套盥洗動作。閉著眼睛都能完成的儀式，他從沒想過是不是能夠、或有沒有必要把它做得更好？原來這麼小的細節裡，也可能藏著他人生致命的遺漏。

吐掉了最後一口牙膏泡沫，捧起水龍頭下一注冰涼的流動，他又再一次把臉潑濕，想讓自己看起來更清醒，確定氣色清爽不會引起父親半點狐疑。

關上龍頭，他朝鏡裡的自己注視了五秒鐘。好了，就這樣了，他對自己說。

他完成了今天第一件，明天以後再不用做的事。

吃飯，那應該也算是。他朝飯廳走去，準備進行清單上的下一項。按計劃他應該在父親黃昏去散步、晚餐時間來臨前做完該做的。所以，最後的一餐菜色會是什麼呢？

他很高興到此刻為止，自己仍有著平靜的好心情。

賣饅頭的早上有來，所以我把昨晚的剩飯熬了菜粥，配饅頭正好，父親說。

真的就是他最熟悉的剩菜粥，小時候常常吃到怕的。父親的手藝實在不敢恭維，不管什麼東西到他手裡就是大鍋菜，一抱怨父親就要罵：打仗的時候在軍隊裡連這個也沒得吃呢！

他很快扒完了一碗，要盛第二碗時父親瞟了他一眼，好像要說什麼又忍住了。什麼吃相！也許父親會習慣來這麼一句。如果這就是父子的最後一餐，他好希望能再聽見父親帶了鄉音的訓喝：給我坐直了！給我把青菜吃了！都是錢買的敢給我浪費！……他想起總是父子二人用餐的那些年，好怕自己會藏不住激動而流出眼淚。

父親中途離座，進了房間去，回到餐桌上時手裡多了一個小布囊，交進了他的手心裡。

這什麼？他問。

早就想交給你了。一塊鎖片。我們老家的規矩，小孩兒滿月的時候一定給他打個金鎖片，求他富貴平安。你滿月的時候，我沒錢，只打了個五錢重的小鎖片。後來，我存夠了錢就補金子進去，讓銀樓幫我把它重鑄成個大面兒點的。這一年一年下來，這鎖片現在有五兩重了，想不到吧？

爸，我不需要——

拿著拿著！這本來就是你的唄！父親道。本來還想配個金鍊子的，後來想想你又不會戴起來，就省了。

那爸你自己小時候也有一塊嗎？

噯。靠變賣了那鎖片才從老家逃出來，早沒了。

沉甸甸躺在掌中，像是說不出的心事。他估了一下，難不成，即使他離家的這些年，父親依舊把金子存進去，才鑄成了現在五兩重這麼大一面？這是他一直在惦記著他的方式嗎？

可是爸，我什麼都沒帶回來給你——

人回來了就好，父親說。然後又重複了一次，人回來就好……

謝謝爸。

他把鎖片又小心包好放回了小布囊中，面對著啃了一口饅頭的老人，默默在心裡說道：回來了，不走了……

一九七三

日本製片經理決定還是入境隨俗，同意帶領日籍工作人員參加本地人在電影開鏡日舉行的燒香膜拜。

一拜請地方神明保佑，二拜望四方好兄弟包涵，三拜願電影上映紅盤。

儀式結束，製片附到黑狗耳邊問道，四方好兄弟是什麼名堂？

「就是鬼魂囉——」

「臺灣人這麼迷信，還相信有鬼？我們拍電影又與祂們什麼相關？」

「唉呀千萬這話不能說！拍電影就是無中生有的事，是虛不是實，遊魂到處都是，特別會覺得我們在做的事有趣，以為我們是跟祂們同一國的。最怕祂們把我們的弄假當成真，跑來參與又指指點點，看到不喜歡的角色乾脆就想來插手管事，鬧得我們諸事不順。所以，要先跟祂們說清楚，我們是在作戲拍電影，別以為真有其事！」

日本製片聽這說法雖覺有趣，但還是不能被說服，撇了下嘴角。黑狗一看又不得了：「你不信就算了，千萬別擺在臉上。這種事常常很邪門的，況且——」他停了片刻，確定松尾導演人不在這附近，才又放心繼續說道：

「導演他堅持要用實景，找到這樣的老地點，還把街道整個恢復成二戰前的景象，老實說，我的心裡毛毛的。老建築本來就是陰氣比較重，我們用的景還是常年不開燈的電影院，你說這是不是更陰了？加上又是二戰題材，冤死的人多啊！」

黑狗邊說著，一雙眼睛還一邊四下骨溜溜打量，好像真有個穿軍服的陣亡士兵在他身邊似的。

廣播器傳出吆喝聲，請在場準備就定位，五分鐘以後正式開始今天的工作。

松尾森依舊戴著他那副墨鏡，站在為攝影機取景搭高的平臺上，現場動靜全在他的眼底。然後，他看見由他甄選出的年輕小演員，正躲在騎樓的柱子後喃喃一個人默背著臺詞。

松尾移下了鼻梁上的墨鏡，想把小演員再看個清楚。只有他自己知道，最後定稿的劇本中，住著另一個傳說中的少年。

第一眼看見這位小演員時，他難掩震驚，因為自己的少年神情彷彿在這張年輕的臉上重現了。他在那一剎那，感覺這是冥冥之中早已安排好的測試，《多情多恨》將不再只是原定的一部商業文藝片而已，他的電影生涯甚至他的這一生，都將在他徹夜修改了劇本後，成為全新的開始。

必須讓故事中的男孩重傷不治；可是這一回，在他臨終前，他將會見到他等待的少佐，他最信任的日本大哥……

松尾又戴起了他的太陽眼鏡，即便四周人來人往都在忙著最後準備不會注意，他也不希望自己的祕密就這樣從迷濛的雙眼中透露。

電影！這何等奇妙的發明，將要實現他改寫記憶的願望了，讓他一手打造出比真實更值得保存的幻影，重新回到不曾被戰爭中斷的青春之夢！

讓一切還原到最初，他生長的地方。

他必須讓他心中的那個少年重新活過來，該是面對他心裡永遠的那個缺口的時候了——

倒數計時。

膠卷轉動著。導演令下。

カメラ！

【完】

【附錄二】

誰的故鄉，誰的迷惑

——郭強生談最新小說《惑鄉之人》

葉佳怡／採訪

身分認同向來是臺灣土地上的艱難問題，無論省籍、國籍、文化、性別、還是階級，都紛紛在複雜的歷史中散落成難以拼貼的符號。人們選擇將其穿戴全身，或無意識地將其背身隱藏，有時動機不見得是為了民族大義，而是滿足內心深層更幽微的失落或慾望。於是在郭強生最新小說《惑鄉之人》開頭，一個小鎮、一間電影院、一對父子、及一部電影的製作，為我們從每一段微型歷史中揭開了大歷史投射出的光影。

——為什麼這次選擇電影當主題？是否有創作上的契機？小鎮電影院是一項講時代變遷的常見素材，是否有想要運用此種類型優勢的意圖？

我父親是師大美術系教授，曾擔任過電影《蚵女》和《養鴨人家》的藝術指導，在兩屆亞洲影展中獲獎。因此我從小就接觸這個工業，常常在李翰祥和胡金銓等大師家中跑來跑去。那是一個特殊時代中的特殊產業，國語片、日語片、和臺語片因為歷史背景而各據不同市場，卻又是產業下的共同體，像南部許多聽不懂國語的人，如果沒有臺語片看，就一定只能看日語片。後來我進入學術領域工作，也對民國五十年到八十年的臺灣電影史作了一定程度的研究，因此在《惑鄉之人》中，你所看到的事件背景都是真的，也都確實查證過。

然而，真正讓我想要把這段歷史寫出來的契機，還是因為年歲的累積。當你還小的時候，你會想要迫不急待地去瞭解歷史，但活到一個年紀後，當你看到自己經歷的歲月被寫成歷史時，你才發現其中有太多沒有說出來的故事，而身為一位小說家，我認為和史學家有本質上的不同。我們並不是要呈現歷史真相，也不是要為真相背書：我們要藉由想像力呈現出歷史當中各種可能的面向。

——每一段落使用一位不同的主述者似乎一直是你喜歡運用的方式，這樣的選擇是否有其意圖，是否反映你所想呈現的某種世界觀？你有在迴避全知觀點的使用嗎？如有，原因又是為何？

因為歷史就是歷史，它有自身的不可穿透性，沒有一個人真正知道當時發生了什麼事，誰又能扮演全知觀點？但我們可以試著讓歷史「活」起來。舉美國的西部小說為例，雖然有許多作者試圖重述那段歷史，例如《孤獨之鴿》得普立茲獎的作者賴瑞．馬可莫瑞（Larry McMurtry），但終究還是離不開一種既定的「西部英雄」樣板。因為後代從一開始就被植入了假的歷史，是因為迴避了屠殺印地安人議題而被迫建立出來的謊言，而如何穿越這種魔咒，我認為是文學可以做到的事。文學家可以帶領人們進出那段歷史，他不必擔任仲裁者，卻能為讀者找到跟歷史聯結的不同方式，因為歷史的意義是很多面的，不是只有還原現場而已。

舉例來說好了，一九八八年發生的五二〇農運事件，我們幾個年輕編輯從報社下班，根本不知道發生了什麼事，只知道幾乎所有路都被封鎖，城市整個癱瘓。我一路從八德路走回永和的家，才從電視報紙上發現是農民抗爭，而我竟然就這樣後知後覺地經過了歷史現場。那是不是表示這段歷史對我沒有意義或影響了呢？不是的。對當時才二十多歲的我來說，那晚讓我經驗了類似解放的狂歡氣氛，臺北城第一次發生這麼大的騷亂，彷彿一切都要開始改變。如果我把當時的歷史寫成了一個彷彿夜遊冒險的故事，會不會被批為過於小資或雅痞呢？但我認為不該這樣看。正因為當時保守的氣氛，那場騷亂對我們來說才這麼刺激、讓人對未來充滿無限想像，而這就是大歷史在個人歷史上面投射出的結果，也是一個脫離樣板的文學性描述。

——在《惑鄉之人》中，由於所有的背景都非常真實，常常讓人疑惑角色是否有所本？您是否為此去對任何人物做過田野調查研究？

如同我前面舉了農運一事當例子，我認為任何人身上都存在著歷史，即使生活中的人云亦云都是歷史的一部分。正因如此，我不需要取材自真實人物。因為在大歷史的背景下，回到個人身上後，剩下的就是人性了。既然基於人性，那就什麼事都可能發生，需要仰賴的只有作家的想像力。當我要寫一個日據時代的角色時，不代表我一定得去訪問她，並分析她的一字一句，才有資格寫這個角色。我有自己身為文學家的觀點，而這正是文學珍貴的地方。

在讀者看完這本小說之後，應該會有一個印象，覺得裡面的人物似乎都有所本，但其實完全都是我的虛構，他們是一群「不能說絕對沒有」的小人物，發生了許多「不能說絕對沒有」的事情。我從自己的角度切入，為我所看到的歷史做了一次「想像力的體操」。

——電影做為本部作品最大的隱喻，是否有您希望直指的中心概念意涵？

電影當然是一個重要的隱喻，但在不同人心中一定會發酵出不同的意義。對松尾森而言，電影是他重回人生現場的方式。對那位早早戰死的敏郎而言，電影則是他完全不熟悉的媒體，他無法理解電影背後「假造」及「扮演」的本質，只能把那些影像當成新聞片在理解，彷彿那是真實發生的事件。在這樣真實與虛構的轉換間，每個角色都在尋找自己存在的意義。

至於對我而言，理解電影的方式反映了每個人思索人生、整理回憶的方式。為什麼有些人看電影只看到情節、有些人只在意結局、又為什麼有些人會聯想到更多的延伸意義？這都是每個人在閱讀時可能會各自發酵的不同取徑。

正如同故事中日據時期小學課本中〈君之代少年〉課文一樣，松尾森老是在想，既然日本人捏造了這個故事、用這個故事來安慰臺灣人，為什麼不來安慰像他這樣貧窮的日本畜灣生？所以他只好一直在藉由電影讓自己重回人生關鍵場景時，試圖進一步去接近那個假想的「君之代少年」，這樣虛實間的轉換看似「人之常情」，看似一種個人簡單的想望，卻濃縮了整個時代的文化、國家、階級、性別等所有問題。

——據說這部小說原名《惑鄉人》，為什麼發表之時又改為《惑鄉之人》？

這本書裡的每個角色都是「惑鄉人」。因為歷史舞臺帶來的身分認同錯亂，他們都迷惑著自己的故鄉究竟在何處。不過如果只寫「惑鄉人」，那就是個名詞，「惑鄉之人」則多了一層含意：當「惑」變成動詞，這些人也同時讓「故鄉」這個概念變得令人困惑。於是在「人」與「鄉」的交互作用間，歷史形成，我希望讓讀者看完後也能開始思考自己的歷史，並重新找到樣板以外的切入點，去理解那些曾經影響了我們的一切。

【附錄二】我讀《惑鄉之人》

陳雨航

以都會文學出道的郭強生，繼一年多前的長篇《夜行之子》之後，新長篇《惑鄉之人》時間從日據到當代，空間則擴張到鄉鎮，頗具野心，是部意旨與閱讀興味兼具的小說。

新世紀初，日裔美籍電影學者松尾健二以研究戰後臺灣電影與日片的關係為名到臺灣短暫居留，實則想私下尋找從未謀面的祖父松尾森。拋家棄子的松尾森在一九七三年率領電影團隊到他出生的東部小鎮拍攝臺灣片，電影後來未能完成，但此舉改變了小鎮迷戀電影的少年小羅的命運。小說是以這兩個主線尋索、回溯，進而揭露了動亂歷史裡扭曲的人生群像，並試圖解開出生地與母國認同的魅惑。同性之愛貫穿全局。那刻骨銘心的愛戀，從一個眼神，一個看似無心的動作，衝擊內心，或喚醒沉睡的本能，直到迷亂的呼喚，「電流排山倒海爭相抵達隘口」，噴出。那以後是不斷的追尋，追尋那永遠的青春之鳥？還是沉淪，讓「枯老的手掌愛憐地遊走撫摸我的全身」？小說在心理層面有更多的思索。

如何去見證一己的生命，證實你曾經的存在？婚姻或許可以見證（電影《我們跳舞吧》裡，蘇珊莎蘭登這樣說），可當你擁有豐饒的、貧乏的、執著的、失落傷心的、悔恨的生命和情愛，你孑然一身，或者你已成為遊魂，又該找誰去見證，如何見證？在街頭找人說？在電腦前寫作（從部落格、推特、臉書到小說）？還是像小說家安排的，接受訪談重新塑造過往／歷史的意義，或者向另一位鬼魂告白和告解？

從生活裡的觀影到文化論述，電影在小說裡幾乎無所不在，事實上，情節是和拍片、影院經營、放映以及影史研究交織的，而且在臺灣電影史的脈絡之中。主角的生命軌道也是要屈就於電影政策而頓挫而轉彎。更重要的，電影那如幻似真，剎那即是永恆的特質，最能輝映主角瑰麗而頹唐的人生了。電影史與臺灣殖民史的參照，能情節，能論述，且加強了小說的縱深。

鄉土不在新舊，人物傳神社經切合方是王道。在這部長篇小說裡，除了一二細節，都滿到位。電影團隊來到小鎮那一段，最為精彩，「……女人衣裳的花色越發地鮮豔了，男人回到家第一件想做的事總是溫存。都像中了咒，開始試著從來沒做過的自己。……精神底層想要脫離現實的慾望得到了滿足，人人開始夢想著自己尚未被發覺的表演天分，偷空便對鏡擠眉弄眼。戲裡或是戲外，初嘗了真假虛實的趣味，原來過日子也可以像演戲。那之前被分派的角色，又是誰的腳本？」那些鄉里諧謔，頗有王禎和的 fu。

鬼魂和獨白的形式占了相當分量，知道戲劇是作者本行的讀者當不會太感意外。後段以相異的時空平行敘述推疊出今昔兩段「對決」，達到小說的高潮，不得不令人驚奇、佩服。

（刊於二〇一二年二月十八日中時開卷）

【附錄三】

從尋夢到尋根——讀郭強生《惑鄉之人》

郝譽翔

《惑鄉之人》是郭強生個人創作的巔峰之作，不僅因為它是一部長篇小說，就篇幅或內容涵蓋的時空幅員之廣，皆要遠超過前作《夜行之子》，更重要的是他為當前頗為熱門的同志書寫，注入了歷史和國族的深度，也因此，《惑鄉之人》並沒有一味歌頌同志愛的美好，或是訴諸弱勢悲情，而是揉合更為複雜的身分認同與追尋。而認同，恐怕才是郭強生念茲在茲的所在，他留學並且定居於紐約多年，對於二十世紀亞裔種族的遷徙離散，當有最切身的體認與理解，也從此造就了這本豐富又多層次的小說，值得我們細細的剖析解讀。

首先，小說中的人物身分相當多元，主角松尾森是所謂的「灣生」，在臺灣出生的日本人，而小羅是臺灣外省第二代，健二是日裔美國人第二代，一齣一九七三年由日本導演在臺灣拍攝的電影《多情多恨》，連結起了這三個人物之間的愛恨糾葛。郭強生以抽絲剝繭的手法，穿梭在一九八四、二〇〇三、一九七三年等幾個時空之中，來回交織出故事的始末，也勾勒出小羅、健二，乃至松尾森內心的矛盾掙扎，「我是誰？」「我歸屬何處？」對他們而言，並非一道紙上冰冷的後殖民理論，而是生命中不得不去面對的核心困境，而這也是《惑鄉之人》之所以好看的原因，郭強生寫出了二十世紀移民者的夾縫處境，而他們注定要無家可歸，在國與國、城市與城市的邊緣之間輾轉流浪，不得所終，一如此書的書名，將永遠都是一個「惑鄉之人」。不過，我又不想將這本小說的解讀過分導入國族認同，唯恐如此一來，會讓人誤以為這是一部泛政治化的作品，因為《惑鄉之人》可供剖析的層面還有很多，而不僅是一部國族寓言而已。

小說中對於「父親」形象的拆解，讓人不禁想起了同志小說的經典——白先勇《孽子》，只是這一回，「孽子」卻變成了「孽父」，從小羅的父親老羅：一個窩在小鎮生活，幫電影院畫劇照看板的外省老兵，到松尾森：一個跑來臺灣拍片的二流日本商業片導演，在兒子眼中，他竟是一個「身上原來帶著腐敗氣息的人」，「外表看起來雖然時尚光鮮，但是已經散發出不自知的垃圾般的汙濁之氣。」父親的威權於此毀滅，淪為一個個蟄居在邊陲，猥瑣又畸零的失敗者，郭強生成功地構造出一個男性霸權崩解的世界，彷彿只剩下一尊尊在電影膠捲上舞動的幽靈，或是萎頓於暗夜角落之中的，衰敗的肉體。

《惑鄉之人》另一引人入勝的地方，還在它揭示了一個嶄新的角度，引領我們走進臺灣戰後的初期，乃至被日本殖民的過去，以及臺灣電影的發展史。原來一九六〇年代臺灣的臺語電影，竟與日本有如此頻繁密切的互動，包括深作欣二如此知名的大導演，也都曾參與其中。小說便環繞著一部臺日合作，但卻沒有拍完而被人遺忘了的神祕電影《多情多恨》展開，而如此的視角不僅充滿了偵探推理的趣味，也更讓人見識到日本對臺灣的影響，並未因一九四五年戰敗而終止，而臺灣電影的發展，也原來是注入了中、日、臺多方的養分，三方彼此之間在文化和商業市場上的競合，遂使得電影成為我們管窺臺灣多元認同的最佳場域，也撐開了臺灣歷史的豐厚度。就像松尾在小說末了對健二的自白：「臺日電影交流？這個問題不是你這個年紀的人能夠理解的，因為那個年代什麼東西都統統混雜在一起的，無所謂交流，這是你們現在的新鮮名詞。哪有什麼臺日之分？連在中國也都是支那日本分不清的……」

《惑鄉之人》破除了當前國與國壁壘分明的成見，也點出了固著於單一認同的盲點，因為臺灣島嶼歷來的身世，無法與其他國度切割開來，它是由中、日、臺、朝鮮，甚至全球流動交通而組成。而電影，就是這些交流之下所開出的花朵，它為來自四面八方的人們，編織了一場場現實生活中的白日夢，而在《惑鄉之人》中，它比現實更真，也才是這群「惑鄉之人」真正的故鄉，是唯一可以落腳的停泊處。

小說以研究電影的學者松尾健二起頭，揭開了這一場「尋夢」也是「尋根」記。但郭強生對於刻板的學院論述，卻不無揶揄嘲諷，因為在堂而皇之的學術語言之下，遮掩的卻是迷惘與無助。故《惑鄉之人》給予電影最高的禮讚，它方才可以「一手打造出比真實更值得保存的幻影，重新回到不曾被戰爭中斷的青春之夢！」而那些躲藏在暗夜獨自舔舐傷口的靈魂，也唯有通過文字或影像的藝術，才得以讓他們一一的顯影，現身，沉浸在「夢幻的幸福」。

國家圖書館出版品預行編目資料

惑鄉之人 / 郭強生著 . -- 增訂一版 . -- 臺北市 : 聯合文學出版社股份有限公司 , 2021.08
360 面 ; 14.8×21 公分 . -- (聯合文叢 ; 682)

ISBN 978-986-323-405-0 (平裝)

863.57 110013243

聯合文叢 682

惑鄉之人(十周年經典版)

作　　者／郭強生
發 行 人／張寶琴

總 編 輯／周昭翡
主　　編／蕭仁豪
資深編輯／尹蓓芳
編　　輯／林劭璜
封面設計／霧　室
資深美編／戴榮芝
業務部總經理／李文吉
行銷企劃／林孟璇
財 務 部／趙玉瑩　韋秀英
人事行政組／李懷瑩
版權管理／蕭仁豪

法律顧問／理律法律事務所
陳長文律師、蔣大中律師

出 版 者／聯合文學出版社股份有限公司
地　　址／(110)臺北市基隆路一段 178 號 10 樓
電　　話／(02)27666759 轉 5107
傳　　真／(02)27567914
郵撥帳號／ 17623526 聯合文學出版社股份有限公司
登 記 證／行政院新聞局局版臺業字第 6109 號
網　　址／http://unitas.udngroup.com.tw
E-mail:unitas@udngroup.com.tw

印 刷 廠／鴻霖印刷傳媒事業有限公司
總 經 銷／聯合發行股份有限公司
地　　址／(231)新北市新店區寶橋路235巷6弄6號2樓
電　　話／(02)29178022

出版日期／ 2012 年 2 月　初版
2021 年 8 月　增訂一版
定　　價／ 420 元

ISBN 978-986-323-405-0 (平裝)